世界神话与传说丛书

BRITISH MYTHS & LEGENDS

英国神话与传说

【英】玛丽安·多萝西·贝尔格雷夫 希尔达·哈特 编著
【英】哈利·乔治·西亚克 绘

中央编译出版社
Central Compilation & Translation Press

图书在版编目(CIP)数据

英国神话与传说/(英)玛丽安·多萝西·贝尔格雷夫,(英)希尔达·哈特编著;鲁燕喃译校.—北京:中央编译出版社,2023.3
(世界神话与传说)
ISBN 978-7-5117-4175-2

Ⅰ.①古… Ⅱ.①玛… ②希… ③鲁… Ⅲ.①神话—作品集—英国—古代 Ⅳ.①I561.73

中国版本图书馆CIP数据核字(2022)第078697号

英国神话与传说

选题策划	张远航
责任编辑	赵可佳
责任印制	刘 慧
出版发行	中央编译出版社
地　　址	北京市海淀区北四环西路69号(100080)
电　　话	(010)55627391(总编室) (010)55627362(编辑室)
	(010)55627320(发行部) (010)55627377(新技术部)
经　　销	全国新华书店
印　　刷	北京雅昌艺术印刷有限公司
开　　本	670毫米×889毫米 1/16
字　　数	112千字
印　　张	13
版　　次	2023年3月第1版
印　　次	2023年3月第1次印刷
定　　价	58.00元

新浪微博:@中央编译出版社　　　微信:中央编译出版社(ID:cctphome)
淘宝店铺:中央编译出版社直销店(http://shop108367160.taobao.com)(010)55627331

本社常年法律顾问:北京市吴栾赵阎律师事务所律师　闫军　梁勤
凡有印装质量问题,本社负责调换,电话:(010)55626985

序　言

　　很多很多年前，那时候还是蒙昧的远古时代，英国还与欧洲大陆接壤。巨大的蜥蜴——背生双翼的奇异生物——会飞越欧洲大陆，到现在被称为泰晤士河的那片水域里沐浴。这些奇幻生物就是远古时代的巨龙。

　　不过，世界发生了变化：地壳剧烈运动，英格兰和爱尔兰变成了岛屿，泛着银光的大海环绕着群岛。那个时候，野猪、群狼和巨鹿在岛上诸国的密林中漫步，人们每天狩猎、打仗，强壮而野蛮，却富于奇妙瑰丽的幻想。诗人和故事家讲述神奇的传说故事。故事中有魔法，有恶魔，还有被诅咒的王子与公主。这些故事口口相传，代代延续。英格兰、苏格兰、威尔士和爱尔兰的传说那样奇妙动人，那样充满诗情画意。

　　之后人们学会了读写，这些神奇的故事被记录下来，编纂成一本又一本书。

　　到如今，几乎所有人都能够读书了。我们把这些古老的故事编集成册。故事可以追溯到许多个世纪之前，十分动人，还配有美丽的插画，悦人耳目。古老年代里，那些栖居在这片土地上的人们，那些奇妙的经历和瑰丽的幻想，让我们不禁为之赞叹。

埃里克·弗里登堡

目 录

迪卢木多与格兰妮　　　　　　　001

岛上暴君　　　　　　　　　　　046

里尔的孩子们　　　　　　　　　060

德韦达亲王　　　　　　　　　　079

其貌不扬的女士与英勇无畏的骑士　094

勇者之宴　　　　　　　　　　　111

塔利埃辛　　　　　　　　　　　136

信物　　　　　　　　　　　　　157

梅尔顿的旅行　　　　　　　　　174

加梅林的故事　　　　　　　　　184

迪卢木多与格兰妮

第一部分　爱情痣

在神与人共同生息的远古时代，尘世间最勇敢的英雄，莫过于伟大的首领芬恩。传说他是整个爱尔兰地区最勇猛善战的武士。他睿智英明，待人公正，豪爽慷慨，威名远播。不过，他好斗的暴脾气也尽人皆知。

芬恩有许多追随者，每个人都必须向首领芬恩证明自己勇武过人、品格高尚、英明善断，然后才能为芬恩效劳。这些追随者组成了费奥纳骑士团，其中多是品格优秀的小伙子。在这些人中有三个人最受瞩目，分别是强壮的高尔、诗人莪相和英俊的迪卢木多。其中迪卢

木多与芬恩同族,芬恩爱他如子。

芬恩经历了许多愉快的冒险,可是人到中年,厄运突然降临:他的妻子患病而亡。从那时起芬恩就总是郁郁寡欢、独来独往,骑士团的伙伴们都为首领感到悲伤。

有一天强壮的高尔向芬恩进言:"伟大的芬恩首领,如果您能够再娶一位妻子,总好过陷入孤苦。"

迪卢木多与格兰妮

"你的建议很好,"芬恩答道,"但是我要娶哪位淑女,来抚慰我孤独的暮年呢?年轻的美人们看到我斑白的头发,一定会失望地走开。"

"爱尔兰所有的淑女都会以嫁与您为骄傲!"英俊的迪卢木多高声说道。

诗人莪相则说:"伟大的芬恩首领,我听说爱尔兰的至高王有一位美丽的女儿,这位公主芳名格兰妮,她不就是最适合您的新娘吗?"

"她也许青春靓丽,"芬恩回答说,"但我担心的是她的父亲至高王,多年来他一直对我怀恨在心。要是向他求娶公主,却遭到拒绝,那可不是什么愉快的经历。"

"但是我听说至高王很乐意化解与我们的仇恨,"迪卢木多迫不及待地回答道,"也许他会将女儿嫁给您,作为与您化干戈为玉帛的象征。"

芬恩思索着骑士们的谏言,然后说道:"我也很乐意与至高王握手言和,这样他也许会愿意把女儿嫁给我。高尔、莪相,你们俩前去塔拉山上至高王的宫殿,向他传达我求娶公主的意愿。"

"我可以和高尔与莪相一起,去赞颂您的功绩吗?"迪卢木多问

道，他已经准备好为伟大的芬恩首领效劳了。

"不用你去，我这里需要你。"首领眼中带着喜爱之情，看着自己年轻的子侄，回答说："在我孤独的时候，你的陪伴能够为我带来欢乐，而等待至高王的回信对我来说是个漫长难挨的过程。亲爱的迪卢木多，要是你额上的爱情痣长在我的眉上，我就不用担心自己求婚被拒了。"

"伟大的芬恩怎么会需要这样微不足道的东西呢。"迪卢木多笑着说。

迪卢木多的爱情痣长在眉毛上方，传说是青春女神在他睡着之后为他点上的。爱情痣有着神奇的魔力，如果一个人看到了这颗痣，就会永远爱上迪卢木多。这颗痣总是给迪卢木多带来麻烦，所以他把头发放下，遮住爱情痣。

高尔和莪相准备好为芬恩求娶公主之后，就启程前往塔拉山。到达至高王的宫殿之后，他们报上芬恩的名号。国王热情地款待了他们一番，并且表示他很乐意将女儿嫁给芬恩为妻，只是他不确定女儿是否愿意。

国王说："我曾经向她承诺，决不逼她嫁人，可是我的女儿让整个爱尔兰的小伙子们全都吃了闭门羹。我们现在去找她，希望诸神庇

佑，让她愿意嫁给你们的首领。我已经疲于应付和芬恩的冲突争斗了。"于是至高王带着两位年轻人前往公主的寝宫。格兰妮公主正端坐在宝座上，她是如此美丽动人，让高尔和莪相都惊艳不已。她金色的秀发仿佛在阳光下闪烁，莹洁的肌肤仿若凝脂白玉，深邃迷人的眼眸仿若蓝色宝石。

格兰妮公主沉默地听着高尔和莪相向她诉说芬恩与她成婚的请求，然后悲伤地回答道：

"我一直以来都等待着真爱降临，你们觉得成为芬恩的妻子会让我幸福吗？"

"再没有哪位爱尔兰男子比芬恩更受人爱戴了！"高尔和莪相齐声回答。

"您怎么看，我亲爱的父亲？"格兰妮问父亲，"您希望我嫁给芬恩吗？"

至高王回答说，与芬恩结婚，不仅能让自己这个父亲快乐不已，还能让整个王国的臣民振奋精神，因为联姻能终止战争。于是格兰妮公主回答说："好吧，我愿意和这个芬恩结婚。"

高尔和莪相都雀跃不已，两人把这个好消息带回给首领，说美丽的格兰妮公主会在两个星期之后登上婚车。两位骑士不厌其烦地向

迪卢木多与格兰妮

芬恩描绘公主是多么的艳光四射、优雅迷人,让芬恩等待得心焦不已。他迫不及待想要看看这位绝色的公主。

婚礼的日子终于到了,芬恩把骑士团的小伙子们召集在一起,其中就有他钟爱的子侄迪卢木多。他们集合成队前往塔拉山,在那里受到了热情的款待。可是格兰妮公主看到自己的新郎之后,心中却失落又痛苦,因为她之前不知道芬恩已经头发花白,人至中年。

"这段婚姻不合我意。"格兰妮对父亲说。

但是至高王回答:"芬恩的确头发白了,但是他睿智、有权势,又身份高贵。知足吧,我的女儿,你不会后悔嫁给他的。"

婚礼宴席开始了,格兰妮坐在芬恩的旁边。虽然芬恩待她温柔体贴,但是公主却觉得做他的妻子一点儿也不幸福。

"要怎么办才能不嫁给他呢?"公主想着。她环视大厅四周,想找到帮手。这时她看到了一位年轻人,他也凝望着她,眼里溢出悲伤。

"请问,"格兰妮询问芬恩,"在强壮的高尔和诗人莪相中间坐着的年轻人是谁呢?他也是骑士团的一员吗?"

"他是我最优秀的骑士!"芬恩高兴地回答。然后他说了许多迪卢木多的好话,因为他实在钟爱这个子侄。

迪卢木多此时心情郁郁,因为他对格兰妮一见钟情。他痛苦地想着:"要是我早点见到公主就好了!如果芬恩和格兰妮结婚了,我永远都不能释怀!"

格兰妮又看了迪卢木多一眼。这次两人四目相对,格兰妮羞红了脸,迪卢木多也心如擂鼓。

迪卢木多无意识地撩开自己的头发,露出了额头。这个动作让他眉上的爱情痣露出了一瞬间,虽然之后很快又盖住了,但是已经太晚了!格兰妮看到了这颗爱情痣,心中忽然涌起对迪卢木多的爱情。

那一瞬间,这位郁郁寡欢的公主就知道自己决不能嫁给芬恩,在绝望中,她想出了一个办法。她把一位侍女叫到跟前,命令道:"把我宫殿里那个大金杯拿出来,往里面倒满美酒。"

侍女回来的时候手里捧着金杯,里面装满了美酒,足以款待宴会上所有的客人。格兰妮在酒里加上了一点儿魔药粉,然后低声吩咐侍女说:"捧着这只金杯,先敬芬恩首领一杯酒,然后再敬其他的客人。唯独不要给迪卢木多敬酒,他就是坐在强壮的高尔和诗人莪相中间的那位。"

侍女一一照做,所有被敬酒的客人都高兴地饮下美酒。迪卢木多正在诧异为什么只有他不能喝杯中的美酒,这时,奇怪的事情发生

了——芬恩、至高王以及宴会上的所有宾客都陷入了熟睡，只有格兰妮和迪卢木多还保持着清醒。

格兰妮公主从座位上站起身，轻移莲步，走到迪卢木多身边。

"和我结婚吧，"她温柔地说道，"我心中满是对你的爱意，我不能忍受没有你的日子。"

"亲爱的格兰妮，"迪卢木多悲伤地回答，"我本不该与你讲话，你是我尊敬的长辈——伟大的首领芬恩的妻子啊！"

"我永远都不会和芬恩结婚，"格兰妮却说，"我只爱你，至死不渝。"

"如果我们早点遇见就好了，"迪卢木多说，"我同样深爱着你，但是我也不想对首领不忠。"

格兰妮恳求道："如果你不能与我结婚，那就答应我一个请求，求你了！"

"你尽管问，我发誓会信守诺言，"迪卢木多回应道，"因为我会用生命守护你。"

"那好，"格兰妮说，"请为我做一件事——带我离开这里，把我藏起来不让芬恩找到，我宁愿死也不要和他结婚。"

"亲爱的格兰妮，你给我出了一道难题，"迪卢木多悲伤地说，

迪卢木多与格兰妮

"你最好还是留在这里。即使我带你离开,我们两个也永远不能结婚。我不会带芬恩的新娘私奔的。"

"你说好会信守诺言,"格兰妮回答说,"我们得赶快离开,不然芬恩在我们离开前醒过来就不好了。"

"你做了一个错误的选择。"迪卢木多说。

"我不在乎,只要你带我走,别让芬恩找到我就行。"格兰妮回答说,"迪卢木多,你会一直守护我吗?"

"我会守护在你身旁,至死方休。"迪卢木多坚定地回答,"但是我们注定没有好下场,因为我们无法结婚。"

"走吧。"公主又一次低声催促。趁宴会厅的宾客们还在睡觉,这对情人偷偷离开了宫殿。

赶了一段路之后,格兰妮疲惫不堪,迪卢木多请求她回去。

"因为,"迪卢木多说,"躲藏芬恩的追捕很难,会遇到很多危险。对于一个公主来说,过这种惊险的生活真的很不合适。"

"我不会离开你!"格兰妮鼓起勇气回答说。两人再度出发,夜幕降临的时候,他们已经离宫殿很远了。

迪卢木多开始寻找睡觉的地方。他找到一处树林,匆忙之间,用桦树的嫩枝和柔软的灯芯草搭了一个床铺。

迪卢木多与格兰妮

"就在这里休息吧,我亲爱的公主。"铺好床后,他柔声道,"我会守护你,让你免遭危险。"

格兰妮躺下来,安静地睡着了。迪卢木多看着公主幕天席地、伴星而眠,却心情沉重。他想到了芬恩——首领会多么伤心啊!同时失去了他的新娘和他疼爱的子侄,他的悲伤会化成怒火,他会一直追捕两人,直到报仇雪恨。

"我们注定穷途末路。"迪卢木多轻叹。但是格兰妮在睡梦中微笑起来,她沉醉在幸福的梦境里。

第二部分　七扇门的围墙

芬恩从魔药引发的睡梦中醒过来,发现迪卢木多和格兰妮逃走了。他十分愤怒,也悲伤不已。

"啊!我那美丽的新娘逃走了,迪卢木多也背叛了我,这让我难以承受!"他痛苦地大喊,"我一定会报这夺妻之仇!迪卢木多必须付出生命的代价才能平息我的愤怒!"

诗人莪相为芬恩感到难过,但也同情迪卢木多和格兰妮,他说:"伟大的芬恩,请您不要再说报复他们的事了,我请求您,原谅您的子侄吧。"

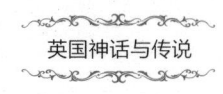

"为什么要我原谅他?"芬恩愤怒地吼道,"迪卢木多残忍地伤害了我,而我难道要忍气吞声,让他和格兰妮逍遥自在?"

"也许,"莪相说道,"迪卢木多的背叛,并非出自他自己的意愿。您还记得他眉上的爱情痣吗?要是格兰妮在宴会上是被这颗爱情痣迷住,才爱上迪卢木多了呢?"

"如果你说的是真的,那迪卢木多为什么还是背叛了我?"芬恩厉声追问,"难道我没有爱他如子吗?告诉我,作为费奥纳骑士团的一员,迪卢木多带着首领的新娘私奔,这难道是一件光荣的事吗?别再说让我原谅他的话了,莪相!迪卢木多必须为自己的所作所为付出惨痛的代价!"

芬恩愤怒地转过身去,传唤善于追踪的手下,命令他们大范围搜查迪卢木多和格兰妮的动向;之后芬恩把自己闷在帐篷里,不和任何人讲话。费奥纳骑士团的一些成员因为首领的遭遇感到愤怒,但是其他人则偏爱迪卢木多,低声耳语说格兰妮和迪卢木多结婚是天作之合,和芬恩则不大相配。事实上,这些人希望迪卢木多和格兰妮这对有情人永远也别被抓到。不过才过去了几天,追查的人就传回消息给芬恩,说迪卢木多和格兰妮往西边去了,现在正在一个叫多瓦尔·达·博斯的小树林里休息。

迪卢木多与格兰妮

芬恩得到消息，立刻召集人手，毫不迟疑地动身去往两人所在之处。一行人整装待发之际，莪相悄悄地跟强壮的高尔说道："一想到迪卢木多马上就要被抓到，我心里就难过，我完全是站在这对年轻的有情人这边的。我们能不能给迪卢木多报个信，告诉他芬恩找到他了？"

"实际上我们还真能报信，"高尔回答说，"我有个办法——让布兰去找他，这只狗肯定能在芬恩之前赶到多瓦尔·达·博斯，找到迪卢木多。迪卢木多看到它，就能知道芬恩快到了。"

布兰是芬恩最心爱的猎犬，不过谁都知道它喜欢迪卢木多远胜于主人芬恩。高尔和莪相招呼它过来，给它闻了迪卢木多穿过的斗篷，它好像立刻就知道自己该做什么了。布兰悄悄跑了，没让芬恩察觉到。它日夜兼程，不眠不休，直到找到迪卢木多和格兰妮。

布兰到多瓦尔·达·博斯的时候已经是晚上了。格兰妮已经在小屋里睡下了，迪卢木多在小屋外围筑了一圈坚固的围墙。格兰妮睡觉的时候，迪卢木多就在围墙这里为她守夜，以防芬恩忽然找来；但是这天晚上，迪卢木多真的太累了，在守夜的时候睡着了。布兰找到他的时候，在他身边高兴地跳来跳去，叫个不停。他还是迷迷糊糊，醒不过来。

迪卢木多与格兰妮

到了破晓时分,迪卢木多睁开眼睛,才惊讶地发现布兰挨着他趴着,头就放在他的肩膀上。

"这是什么?"迪卢木多大喊,他站了起来,"天哪,这不是布兰吗?芬恩肯定就在后面了!"

迪卢木多摸了摸布兰,喂了点食物和水给它,然后就去敲小屋的门,轻柔地唤格兰妮起床:"亲爱的格兰妮,快醒醒!芬恩快追上来了。"

"你怎么知道?"格兰妮惊讶极了,从小床上跳起来,问道。

"这是布兰,芬恩最喜欢的猎犬,"迪卢木多回答,"肯定是有人派它来警告我,不过已经太晚了。"

"为什么这么说?"格兰妮问,她担心极了。

"因为我看到远处有一群人往这边来了,肯定就是芬恩和骑士团的人来抓我们了。"迪卢木多答道。

格兰妮请求迪卢木多快点把她藏起来,但是迪卢木多摇了摇头。

"听着,我亲爱的金发的格兰妮,"他说,"你和我在一起,只能颠沛流离。如果你能回去找你的父亲,就能重新回归锦衣玉食的生活了。让我们勇敢地面对芬恩的怒火吧,如果他向我保证会送你回到你父亲那里去，我就随他处置。"

"你这话实在是残忍，"格兰妮哭着说，"我怎么能失去你，迪卢木多？你这样轻言别离，难道你一点也不爱我吗？"

迪卢木多回答说他深深爱着她，可是如果让她继续跟自己东躲西藏下去，真的太伤他的心了。迪卢木多还说，他的心里一刻也没忘记背叛芬恩的事情，这让他心如刀绞。

"我们做错什么了？我们不过彼此相爱而已啊！"格兰妮大声问他，"伟大的爱神安格斯一定会怜悯我们！我听说，安格斯会庇护真心相爱的人，他会来帮我们的！"

安格斯是爱情之神，他十分宠爱迪卢木多，曾经与迪卢木多住在一起，将他收为养子。巧合的是，就在格兰妮提到安格斯的时候，他正好赶向多瓦尔·达·博斯。安格斯知道迪卢木多现在境况危险，所以他穿着隐形斗篷，从他的仙宫飞到自己的养子身边。

"只有安格斯才能帮我们了。"迪卢木多也说。

这时候一个声音回答道："你背叛了芬恩，但是我实在爱你，亲爱的迪卢木多，我会保护你，不让芬恩的怒火伤害到你。"这对有情人惊讶地发现，爱情之神就在他们眼前。

"伟大的安格斯！"格兰妮高兴极了，她跪在高贵的神灵面前，

说道:"求求您了,帮我们两个逃走吧!"

"我会把你们两个装进我的隐形斗篷里带走。"安格斯温柔地回答。

但是迪卢木多却说:"善良的安格斯,求求您,把格兰妮带走吧,让我留下。如果我能活下来,就马上追上你们。如果我没去找您,请您向我保证会把格兰妮送回她父亲至高王那里。"

"你要留在这里做什么,迪卢木多?"格兰妮害怕地问。

"我要迎战芬恩和他手下的骑士!"迪卢木多骄傲地回答说,"你现在安全了,我想再见他们一次,虽然他们是来抓我的,而且满心怒火。"

"好吧,"安格斯说,"我会保护格兰妮,不让她受伤,我们会在罗斯·达·沙伊莱奇等你,那个地方就在西边。"

安格斯说完,正打算把格兰妮裹进斗篷,格兰妮就大哭起来,对迪卢木多说:"要是你爱我,就别和我分开。"

"亲爱的格兰妮,别怪我,"迪卢木多回答说,"因为爱你,我不是已经失去名誉,失去内心的平静了吗?我不是因为背叛芬恩而彻夜难眠吗?别了,我亲爱的。我要是活下来,就马上去找你,但是现在我必须得当面迎战芬恩了。"

"来吧,格兰妮。"安格斯说。说着,他直接把她裹进斗篷,让她隐身,然后从芬恩和骑士团头顶飞走了。这时芬恩和手下已经离他们很近了。

迪卢木多两手各拿一支矛,走到他为了保护格兰妮而筑起的围墙那里。围墙有七处出口。迪卢木多确定芬恩就在这七处出口之一等着他,于是他决定就要走芬恩守着的出口,这样才算是勇敢地面对仇敌。不久他就听到嘈杂的人声,芬恩和手下冲向这道围墙,很快包围了迪卢木多。

"每个人都守好出口,"芬恩大吼,"迪卢木多和格兰妮就在里面,决不能放他们逃走!"

迪卢木多从围墙里面喊道:"格兰妮不在这里,亲爱的芬恩,但是我在,我来和你会一会!"

迪卢木多走到第一个出口处,问是谁在外面。

"是诗人莪相,"那人回答,"从我这里逃吧,亲爱的迪卢木多,我会让你过去,因为我爱你。"

"不,善良的莪相,"迪卢木多回答,"我不会从这里走。"

然后他走到第二个出口,那里是强壮的高尔守着。高尔也提出要让迪卢木多直接逃走,但是迪卢木多还是说不。之后的几个出口也

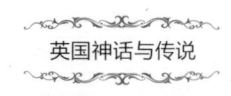

都是迪卢木多的朋友守着,直到第七个出口,芬恩自己带着一众勇士守在那里。

迪卢木多听到第七个出口处传来芬恩的声音,于是他大喊:"伟大的芬恩,我就要从你这里突围!"正说着,他推开了门。

芬恩已经准备好要逮住他了,然而迪卢木多架着长矛,高高地跳了起来——他跳得特别高,落到很远的地方,芬恩和手下根本够不到他。还没等他们回过神,迪卢木多就跑得无影无踪。费奥纳骑士团里,没人能跑得比迪卢木多更快,所以迪卢木多成功逃走了,没有被抓住。他一直往西走,来到了罗斯·达·沙伊莱奇。

安格斯和格兰妮正围着一个燃烧的火堆等着迪卢木多。他坐下吃喝了一番,跟他们讲了自己怎样逃过芬恩的抓捕。

安格斯很高兴能再见到他最宠爱的迪卢木多。格兰妮更是欣喜若狂,因为迪卢木多对她说:"我再也不会和你分开了,虽然我们在一起很苦,但是和你分开,我更难受。"

然后他们躺下来睡了一觉。第二天一早起床之后,忧惧全消,因为这里离芬恩和他的手下很远。

"现在我得离开你们了,"安格斯说,"不过如果你们需要,我就会再来帮你们。你们之后会过得很苦,因为不管你们去哪里,芬恩都

会一直追捕你们。"

但是格兰妮却高兴地说:"只要能和迪卢木多长相厮守,我有什么好怕的呢?"

"让我给你们一个忠告。"安格斯离开之前对两人说,"要逃脱芬恩的追捕,就千万别上只有一根树干的树,也别进只有一个出口的山洞,更不要去只有一个港口的海岛。还有,不管你在哪里烹饪食物,都要去另一个地方吃才行。你们在一个地方吃了东西,就千万别在那里睡觉,要走得远远的才能休息。"

迪卢木多和格兰妮发誓说会遵守这些规矩,于是安格斯离开了。这对有情人离开了罗斯·达·沙伊莱奇,又一次向西走去。两人在一起,甜蜜又幸福。

第三部分　花楸浆果

迪卢木多和格兰妮在离开罗斯·达·沙伊莱奇之后的一段时间里一直在流浪。虽然芬恩一直紧锣密鼓地抓捕两人,但是他们每次都能逃出生天。不过,他们也总是在危险中徘徊,有一次芬恩还派了几个手下带着三只凶恶的猎犬袭击他们。经过一番激烈的战斗,迪卢木多终于把人和猎犬都解决掉了,芬恩知道这件事之后简直怒不可遏。

虽然这一对有情饮水饱,但是两人的日子也是真的苦。他们不能在一个地方休息太久,因为肯定会被追上;迪卢木多得去猎杀野猪,下河捞鱼,要不他们就只能吃水果果腹。两人一直往西走,芬恩

迪卢木多与格兰妮

一直在后面追。快到海岸线的时候，两人又折向北方去了，一直走到了一个树林，这个树林名叫杜布罗斯森林。

现在这个森林可成了有情人的欢乐之地。树枝上、灌木丛里都结满了丰硕美味的果实，河里的鲑鱼跳跃着，激起潺潺的流水。

格兰妮坐在草地上，疲劳地叹着气说：

"我们就待在这儿吧，迪卢木多。这个森林也许能保护我们一段时间，让芬恩找不到我们，我愿意一直生活在这个美丽的地方。"

迪卢木多回答说能在这里休息他也很高兴。他在一棵高大的冷杉树下点了一堆火，接着下水捞了一条鱼。格兰妮把鱼串起来烤了烤，两人坐下吃了起来，赏着夕阳的霞光，听着鸟儿的夜唱。

"我们可以永远待在这里！"格兰妮吃完饭说，"自从咱们从婚礼上逃走，我的内心从没像现在这样平静过。这座森林有某种魔力，让我着迷。"

"我们得走远一点儿，"迪卢木多说，"要记得安格斯给我们的建议，我们不能在吃饭的地方休息。"

格兰妮累得根本走不动，迪卢木多只好把她抱在怀里，往树林深处走去，直到走到一棵花楸树下。一看到这棵树，格兰妮就惊喜地叫出了声。这棵树的确品貌不凡，树上结满了甜蜜的浆果，色泽动

人,个头儿丰硕,这对情人从没见过这么好的果子。格兰妮迫不及待地说:"求你了,快给我摘点儿果子吧!"

迪卢木多正要上前,一个粗嘎的声音说:"别动!"一个巨人从树顶爬下来,手里挥舞着一根大棒。

格兰妮沮丧地退开了。巨人长得十分凶恶,只有一只眼睛,长在前额正中,皮肤仿佛黑夜一般漆黑,宽大的嘴巴张开,露出里面畸形的牙齿。

"好大的胆子,你们是谁,敢闯这座树林?"巨人大声咆哮。

迪卢木多向巨人讲述了两人躲避芬恩的怒火的经历。巨人听后说:"要不是我对芬恩和他的手下没什么崇敬之心,我早就把你们赶出去了。不过,只要你们保证不碰这棵树,就可以待在这里,保证没人打扰你们。"迪卢木多和格兰妮都保证自己不会碰这棵树,又问巨人他是谁,为什么要看守这棵花楸树,还不让别人碰。

"我的名字叫塞尔班,"巨人回答说,"是神让我来这里看守花楸树的,因为花楸树归神灵们所有,所以凡人不能随意偷摘上面的果子。"

"这棵树是怎么来的?"格兰妮问道。

塞尔班告诉他们,曾经有一次众神路过杜布罗斯森林的时候,

不小心掉了一颗神界的浆果。一开始众神都没发现这件事，但是很快这颗浆果就长成了一棵树，地上的人类发现这棵树上的果实有超凡的魔力。吃过果实的人不会生病，而且即使年龄很大了，也仍旧能够感觉到青春之火在血液中燃烧。如果是一位女士吃掉了果实，那么她就会变得愈发美丽动人，而且直到死亡都一直保持青春貌美之态。众神知道了凡人竟敢偷尝浆果，十分愤怒，但是他们又不想直接毁掉花楸树，于是命令巨人日夜看守在这里。

"所以千万别碰果子，"塞尔班讲完故事说，"要是敢偷摘，我肯定要用这根大棒把你们都打死。"说完，他威胁般地挥舞了一下手中的武器。

迪卢木多和格兰妮都保证说绝对不会偷摘果实。塞尔班离开之后，两人又在森林中游荡了一圈，然后躺在一片长满苔藓的河岸上睡觉。

夜里，迪卢木多睡得很沉，但是格兰妮却辗转反侧。到了早上，她面色苍白，一言不发。于是迪卢木多问道："金发的格兰妮，你为何如此忧愁？"

"没什么。"格兰妮回答。但是她表现得实在太反常了，脸色也苍白憔悴。迪卢木多十分担心她，问了很多次为什么她面色如此憔

悴，眼神如此忧郁。可是直到晚上，两人正要吃饭的时候，格兰妮才吐露心中秘密。

"亲爱的迪卢木多，"她悲伤地说，"我给你带来的麻烦够多了。因为我，你才和亲长芬恩决裂，放弃了和骑士团里的兄弟们一起快活的日子；因为我，你才会奔波流浪，而你本来可以平静地生活，享受婚姻的幸福。"

"对我来说，你比妻子还要重要，"迪卢木多回答说，"我和你在一起，比旧时和兄弟们在一起快乐得多。为什么你要在这个时候说这样的话？"

"因为我希望你再为我做一件事。"说完，她悲伤地哭了起来。迪卢木多轻抚她的金发，温柔地问道："说吧，亲爱的格兰妮，你想要什么？"

格兰妮坦白说，看到魔法花楸树第一眼，她心里就极度渴望尝一尝上面的果子。

"本来，我想要压住这种渴望，"她说，"但是欲望愈发强烈。我现在觉得，要是不能尝到果子，我就会死掉的。"

"别担心，"迪卢木多回答说，"我跟塞尔班说说，既然你真的很想吃果子，他肯定会给我一点儿果子的。"

迪卢木多与格兰妮

格兰妮变得这么憔悴,迪卢木多担心她真的会因此死去,于是柔声细语安慰了她一番。

然后他赶到花楸树下,巨人就沉沉地睡在那里。

迪卢木多非常渴望能趁着塞尔班睡着的时机偷偷摘点儿果子,但是他忍住了,因为他答应过塞尔班不去碰这棵树。他把巨人叫醒:"快起来,塞尔班!"

"这么晚了,你叫我干吗?"巨人大吼。他睁开眼睛,愤怒地瞪着迪卢木多。

"听着,塞尔班,"迪卢木多说,"你睡着的时候,我绝对不会乘人之危偷摘果子。但是我请求你,给我一点儿果子吧。格兰妮是爱尔兰至高王的公主,她很想吃果子。我怕要是她不能尝到果子就会因此死掉,她实在太想吃果子了。"

塞尔班愤怒地说:"你觉得我会在乎格兰妮死不死?她就是死了,也不能尝我的果子。"

迪卢木多听了,怒火中烧。他大吼:"我警告你,塞尔班,我就是要摘果子给格兰妮吃,我会赌上性命给她摘!"

巨人愤怒地大吼,挥动大棒朝迪卢木多袭来。迪卢木多辗转腾挪,巧妙地躲开攻击,用长矛刺击塞尔班。迪卢木多敏捷的一击出其

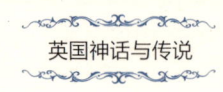

不意，大棒从巨人手中掉落，于是迪卢木多立刻捡起这个巨大的武器，直接正中塞尔班的头部，杀掉了巨人。

为了不让格兰妮被巨人的尸体吓到，迪卢木多把塞尔班拖到了离花楸树很远的地方。虽然过程艰难，但是他还是成功地把塞尔班埋在了厚厚的灌木丛里。

等他忙完，已经体力耗尽，但是迪卢木多还是赶回了格兰妮身边，高兴地招呼她："来跟我到花楸树那里去摘果子吧，你想吃多少就吃多少。"

迪卢木多告诉格兰妮他打败了巨人，格兰妮心中感激不尽。迪卢木多给她摘了果子，吃了几颗后，她的美丽容貌似乎真的愈发炫目了。她的脸颊又染上了柔红，眼睛又闪烁起快乐的光芒，金发也愈发光泽熠熠，几乎令人头晕目眩。

"你得睡一会儿，"格兰妮说，"我会看着你的。"

她温柔地低声给迪卢木多唱起了歌。骑士忘记了疲惫，闭上了眼睛，陷入沉沉酣眠。

第四部分　终结纷争

因为迪卢木多杀掉了看守花楸树的巨人塞尔班，众神十分恼

迪卢木多与格兰妮

怒。但是爱情之神安格斯拼命恳求众神宽恕他的宠儿,于是众神勉强同意了,没有惩罚迪卢木多,允许他和格兰妮继续待在杜布罗斯森林里。

住在这片乐土之上,这对情人欢欣不已。从逃婚到现在,两人

从没有过上如此平静的生活。但是两人的快活日子很快就结束了,因为芬恩又一次听到消息,知道了两人的藏身之处,于是他赶快来到了杜布罗斯森林。

这对情人还没察觉芬恩的到来,芬恩就已经带着手下逼近林中的灌木丛了。于是两人只能匆忙爬上花楸树,藏身在枝叶之间,这时候芬恩和手下已经到了眼前。

"迪卢木多就藏在这片森林里,"两人听到芬恩大喊,"每个人都得尽忠职守,不然我那个犯了错的子侄又会逃之夭夭了。现在太阳太猛了,我要在这里休息一会儿,等到天气凉快点再说。"

令格兰妮和迪卢木多沮丧的是,芬恩就坐在了他俩藏身的花楸树下,而且还找人来跟自己下棋。

"我要和你下一盘棋,"芬恩对站在身边的诗人莪相说,"只有一个人下棋赢过我,那就是迪卢木多。但你也是个高明的棋手,来吧,和我对弈。"

莪相拿来一副棋盘,开始落子,两位棋手开始对弈。一开始芬恩好像要赢了,他步步紧逼,莪相无力抵挡,只有一次落子的机会挽救自己的败局。莪相凝视良久,却没能找到落子的地方。迪卢木多已经在上面看了好一会儿,满心不耐烦,对格兰妮说:"我能不能帮帮

莪相,让他赢下这局棋?"

"保持安静,不然芬恩会发现我们的。"格兰妮回答说。但是迪卢木多忍不下去了,他想帮莪相,于是摘下一棵花楸树的浆果,小心地一扔,正中棋盘上一处,那里正好是莪相应该走的一步。诗人莪相立刻就发现了自己下一步落子的地方,挽救了败局。不久他又一次陷入危局之中,迪卢木多又一次帮助了他,扔了一枚浆果。很快莪相和芬恩就平局了,迪卢木多看到再走一步就能让莪相赢,他扔了第三枚浆果,于是莪相将了芬恩一军,棋局结束。

费奥纳骑士团的人都大声夸赞莪相的棋艺,芬恩却说:"莪相,怪不得你赢了我,我知道迪卢木多在帮你!"

"怎么可能?"莪相问。

"毫无疑问,迪卢木多就藏在花楸树上。"芬恩说。然后他大声呼唤迪卢木多:"迪卢木多,要是你现在躲在树上,就回答我!"

"别出声。"格兰妮又一次低声说,但是迪卢木多大声回答道:"芬恩,你总是多谋善断!我就在这里,已经准备好要迎战你了!"

芬恩内心燃起怒火,吩咐手下说:"包围这座树林,这样迪卢木多就跑不了了。"

然后芬恩试着爬树去抓迪卢木多,但是他年事已高,根本没法

抓紧树干。

费奥纳骑士团里一个一直憎恨迪卢木多的人开始代替芬恩爬树,不过他刚要爬到树顶,迪卢木多就刺了他一矛。这个人摔在地上,差点死了。

其他人也试图靠近迪卢木多,但是都遭遇了同样的命运。敌人如此强猛,芬恩愈发泄气。

迪卢木多很想下来,但是他害怕格兰妮被抓走,于是祈祷安格斯能来这里帮他。爱情之神果然出现在了花楸树的树枝上。

"要把你们俩都带走吗?"安格斯说。然而迪卢木多回答:"把格兰妮带到安全的地方去吧,求您了:我得和芬恩谈一谈,然后才能去找你们。"

安格斯说:"那来布鲁·纳·博因来找我们吧。"然后他用斗篷把格兰妮一裹,把她带走了,也不管她苦苦哀求,想要和情人共进退。

"现在,芬恩,"迪卢木多现在一个人了,他回应道,"请回忆我们的承诺吧。曾经我把格兰妮从你身边带走,但是在那之前,我一直尽心侍奉你。如果能让我继续追随你,为你征战,我还是会不胜荣幸。你能原谅我的错误,与我和解吗?"

"决不!"芬恩愤怒地大喊,"我要报复你,你休想获得一刻

迪卢木多与格兰妮

喘息。"

"太可耻了！芬恩！"奚相大喊，"难道你还没有报复够吗？"强壮的高尔也表示，自己会站在迪卢木多那边，只要迪卢木多需要。

"我才不管呢！"芬恩回答，"下来，迪卢木多！只要你不是懦夫就下来！"

听到芬恩的回答，迪卢木多大笑起来，站在树最顶端的枝条上，然后奋力一跃，跳到极远的地方，芬恩根本够不着他。他快速奔跑起来，芬恩的一些手下想要追他，但是高尔和奚相拦住他们，不让他们过去。迪卢木多很快就跑远了。

迪卢木多来到了布鲁·纳·博因，安格斯把格兰妮藏到了这个安全的地方。两人歇了一会儿，之后又开始流浪。迪卢木多经历了和芬恩的争吵追逐之后已经很累了，而且他十分伤心，因为芬恩拒绝与他和解，他也不知道还能做什么才能平息这场纷争了。于是这对情人重新过上了逃亡的生活，足迹遍布整个爱尔兰，芬恩总在后边追着他俩。

有一年秋天，他俩来到海边的一个山洞里，洞里住着一位老妇人。迪卢木多已经很久没有好好睡觉了，于是就问这位妇人能不能为他守一会儿夜，要是芬恩快追上了就告诉他。然而，这位老妇人其

英国神话与传说

实是在芬恩幼年时候照顾他的奶妈,虽然她假意对这对情人很友好,实际上才不想帮他们呢。他俩刚在山洞里睡着,她就去给芬恩报信了。

恰好芬恩正独自往山洞走,他看到老妇人,听了她的消息,十分高兴。

"迪卢木多绝对没办法跳出山洞去,"芬恩兴奋地说,"我要趁着他睡觉的功夫,冲进去逮住他!但是等一下,我得带上几个信任的手下帮我一把,免得在我跟迪卢木多对战的时候,让格兰妮逃走。"

于是他跟自己的老奶妈说好,让她回到山洞去拦住这对情人,直到他带人回来。老妇人答应了。她飞快地迈动自己的老

迪卢木多与格兰妮

腿,赶回了山洞。

老妇人惊讶地发现,这对情人已经醒了,准备离开。两人虽然睡得很短,但是却恢复得很快。

"你们得等会儿再走!"老妇人说,"外面正在下暴风雨呢。大雨瓢泼,你们会淋湿的。"

"大雨不碍事的。"格兰妮回答说。

"可是外面冷得可怕,"老妇人狡猾地说着,假装颤抖了一下,"我以前可从没见过这等场景,简直是冰雪满地。你们可千万别冒险离开,不然绝对会冻死!"

她喋喋不休地说外面天气糟糕。迪卢木多担心格兰妮,说:"那我们就等一会儿吧。"于是两人待在了洞穴深处。

不久,老妇人说道:"我去看看现在是不是好些了。"然后她就出去了。

格兰妮忽然想到,这个老妇人也许满口谎话,说不定她心怀恶意,想把他们拦在山洞里。于是她低声跟迪卢木多说:"亲爱的迪卢木多,我们也许被骗了;这个老妇人也许只是想阻止我们出去,她可能有什么邪恶的念头。快走吧,我们快逃走。"

但是已经太晚了,要逃走已经来不及了,芬恩和手下已经堵在

了山洞的出口。

芬恩大喊:"迪卢木多,我最后还是抓到你了!"

这时,山洞的深处出现了一位气宇不凡的人物,肩上披着金色斗篷。格兰妮喜极而泣,因为爱情之神安格斯又一次来到两人身边,现在她不用再担心迪卢木多了。

"我是来让你与迪卢木多和解的。"爱情之神严厉地对芬恩说。

"我怎么能原谅一个有夺妻之仇的人?"芬恩痛苦地大喊。

迪卢木多与格兰妮

"迪卢木多没有你想的那么邪恶，"安格斯回答说，"他的确帮助格兰妮逃婚了，但是格兰妮另有所爱，所以他才如此行事。而且你要知道，迪卢木多没有背叛你，因为他没有和格兰妮结婚，格兰妮仍旧是自由之身。"

芬恩听到这里，第一次软下了心肠，伸出双臂拥抱迪卢木多，说："我的子侄，我们都遭遇了不幸，但是从现在开始，只要你愿意，我就与你和解！"

迪卢木多也抱住芬恩，祈求他的原谅。两人的纷争平息了，这次矛盾可持续太久太久了。

"现在，"安格斯说，"迪卢木多和格兰妮必须结婚了！"

芬恩悲伤地说："太不幸了，我永远地失去了我的新娘。但是既然格兰妮爱迪卢木多，那么她的确应当嫁给他。"

于是这对有情人终成眷属，至高王也赐给两人一片领土，两人就这样幸福快乐地生活在一起。他们结婚的时候实在是太幸福了，把曾经为了躲避芬恩的怒火而遭遇的颠沛流离忘得一干二净。

岛上暴君

很久很久以前,在遥远的苏格兰西部群岛上有一个统治群岛的暴君,他脾气暴烈,秉性邪恶,人们称他为芬格尔王。芬格尔不愿服从当时的苏格兰国王,拒绝国王的朝贡要求。他对法律秩序不屑一顾,只顾满足自己的野心和欲望,完全不考虑其他。芬格尔拒绝服从国王,却还能建立自己的权威,是因为西部群岛上都是岩石峭壁,距离大陆十分遥远,中间隔着危险的海湾,所以除了本就生活在那里的人,根本没人能够成功登上岛屿。更不用说,岛上大多数居民和他们的首领一样爱好逞凶斗狠,只有像芬格尔王这样性格强硬的人才能统治岛民。而且即使是芬格尔王,有时候也会遭遇反叛,如出生就长牙齿的亚历山大与叛乱者麦克格鲁莫的故事所讲的那样。

岛上暴君

芬格尔王娶了一个和他一样脾气很坏的王后。最近，王后听说丈夫瞒着她又娶了一个妻子，把她安置在一个很远的小岛上，还总是去看她，赏赐她礼物。于是坏脾气王后十分恼怒。

王后知道跟芬格尔争论娶两个女人不对根本没用。娶两个妻子当然违反了法律，但是芬格尔如果想的话可以娶六个，或者六十个，根本没人能阻止他。所以王后决定，她不会说出自己已经发现第二个妻子的事，而是要不惜一切代价阻止第二个妻子生育孩子，以防她的孩子夺得父亲的宠爱，取代自己的儿女。于是王后找到一个老巫婆求助。

"我会给你三个金币，"王后说，"只要你能告诉我一个咒语，让我的情敌生不出孩子。如果你有办法，我还希望她生病，病得越重越好，因为芬格尔才没有耐心伺候病人呢。"

"拿着这张羊皮咒书，"巫婆回答道，"把它藏起来，贴着你心口处，藏在胸衣的夹层里，千万不要让别人看见，也不要丢失或者弄坏它。只要你的心脏挨着它跳动，你铲除情敌的愿望就能实现。"

王后一一照做，她很快就高兴地发现，在遥远岛屿上的第二个妻子失去了芬格尔的宠爱，因为她生不出孩子，还一直在生病。

这个可怜的女人根本不知道为什么自己会沦落至此，最后，轮

到她去寻求巫师的帮助了。在她的小岛上，有一个老人住在山洞里，他是一个受人尊敬的巫医，于是女人向他求助。巫医听了她的遭遇，戴上眼镜，用医疗器械给她仔细检查了一番，又用他的书籍和水晶占卜了一番，终于发现了事情的来龙去脉。"我很快就能把事情解决，"巫医说，"两天之后你就能好起来。而且还有一个好消息：一旦你的怪病痊愈，你就能生下一个小男孩。"

于是这天晚上，老巫医装扮成乞丐，拿着一个大包裹，里面装满面包、奶酪、水果和甜点，然后驾驶着自己的小舟，前往芬格尔建在鞍岛上的宫殿。到了宫殿，他就坐在宫殿前的广场上，看到来来往往的行人，就把食物和饮料分给他们，自己也又吃又喝。有一个女仆看到老乞丐的包里满满当当都是食物。"施舍给你这个包裹的人可真是大手笔，"她对老人说，"看到包里的甜点我就口舌生津，你是从哪儿讨到这一大包的？"

"我来自很远的岛屿，"老人说，"岛上举办了一场宴会，因为岛主的夫人生了一个男孩。之前她生了一场怪病，以为自己这辈子都要不了孩子了呢。生了男孩之后她就办了宴会，还分给我这么一大包美食。"

女仆很快就把这件事告诉了其他人，最后传到了王后的耳朵

里,芬格尔的王后简直要气死了。她惯常爱发脾气,于是这次又大闹一通,把羊皮纸从裙子里扯出来,撕成了碎片,还在上面踩了几脚,大叫:"该死的老巫婆!她的咒语都是胡扯!她竟敢骗我,我要她的命!"

就在羊皮纸被扔到地板上的一瞬间,远方岛屿上的另一位夫人忽然病愈。而且就像老巫医之前说的那样,她没过一个小时就产下了一个男孩。

这个孩子刚出生就十分不凡,年岁小小就力大无穷,而且生来长着牙齿,于是人们叫他"出生就长牙齿的亚历山大"。他自然成了父亲的宠儿,而第一位王后只能强忍嫉妒。

亚历山大刚成年的时候,群岛上闯进了一个强盗。虽然岛民都蛮横无比,但是这个闯入者却更胜一筹,就连芬格尔也不知道怎么收拾他。这个闯入者名叫杜加德·麦克格鲁莫。他乘着小舟,带着几个手下忽然出现,谁也不知道他从哪里来,反正就是强行登陆了狼岛。狼岛原来的岛主名叫麦克奥利斯特,和芬格尔出自同宗,平时就待在自己的要塞城堡里。强盗麦克格鲁莫和岛主麦克奥利斯特激战一番,杀掉了原岛主。城堡里其他人都吓坏了,他们要么逃走了,要么放下武器投降了。这个可恶的强盗还强迫岛主的女儿嫁给了自己。从此以

岛上暴君

后，强盗麦克格鲁莫住在了狼岛上，好像这个岛本就属于他一样。而且他还无视芬格尔的命令，把自己心不甘情不愿的新妻子囚禁在城堡里。只要有机会，他就侵扰岛民，劫掠杀戮，无恶不作。

芬格尔绝对不能就这么放任下去。但是芬格尔老了，没法继续战斗。各岛都不堪其扰，向芬格尔抱怨麦克格鲁莫的暴行。岛民的呼声太强烈了，芬格尔不得不采取行动。于是他招来儿子"出生就长牙齿的亚历山大"，对他说：

"我的儿子，虽然身边人都反对我宠爱你，但是我一直偏爱你胜过其他的孩子，而且从来不要求你回报我什么，只是希望你听我的话罢了。现在我要派你去完成一项艰巨的任务。你要么成功凯旋，要么就只能失败身死。"

"您继续说。"亚历山大说。他很好奇到底是什么任务能危险到这种程度，让父亲语气如此严肃。

"我命令你去杀死麦克格鲁莫。这么些年了，他一直在狼岛作威作福。你还得消灭他那些无法无天的手下。这样你才能把前任岛主的女儿解救出来，才能让我和我的子民免受暴徒侵扰。"

虽然亚历山大勇猛无比，而且剑术高超，几无敌手，但他还是沉思了一会儿。"但是我总不能一个人去完成这项任务吧？"他说，

"麦克格鲁莫的狼岛要塞里有十个勇猛的武士追随他。这样吧，我出生的时候长了几颗牙，就让我带几个咱们鞍岛的勇士怎么样？比狼岛的十个勇士少了四个。但是我可以以少胜多，帮您除掉叛党麦克格鲁莫还有他的手下，而且保证咱们这边没有任何伤亡。"

"不行，"芬格尔却说，"你只能智取，秘密完成任务。我们不能公开发动袭击，不然绝对赢不了那帮亡命之徒。"

亚历山大远征的第一大难题就是怎么才能登上狼岛。狼岛很小，正好在杜加德湾正中间，还总有一个人守在岸边或堡垒上瞭望。如果他要乘船登岛，不管白天还是晚上，总会被人发现，还没等上岛，就会被人轻而易举地杀掉。而且从鞍岛到狼岛又太远，如果要游过去，还没等杀敌呢，他就累死了。一连好多天过去，他也没想到什么好办法。

距离狼岛大概半英里①水路的地方，住着一个铁匠，名叫麦考伦恩，他也是麦克格鲁莫的随从之一。亚历山大想着要是能贿赂他，就能把他争取过来。于是他定下计划，前去铁匠麦考伦恩居住的那个崎

---

① 1英里≈1.6千米。

岖岬角——索恩岬角拜访他。亚历山大逐步试探麦考伦恩是否发自内心地忠诚于狼岛的僭主。

"关于这个,"铁匠拐弯抹角了很久,才承认道,"我谁也不效忠,只忠于自己,忠于自己的亲友。麦克格鲁莫就住在我家附近,与他为敌太危险了,所以我才不得不屈从他。"

"很好,"亚历山大回答说,"我觉得自己安全多了。"他递给麦考伦恩一个羊皮袋,里面装满了金币,然后和铁匠详细地讲了自己的计划。这是他苦思冥想多日才想出来的,就盼着派上用场呢。

碰巧麦考伦恩的妻子会一点儿护理知识,而麦克格鲁莫强抢来的妻子又卧病在床。这位铁匠的妻子每隔几天就会从索恩岬角出发,去狼岛看护那位夫人。

"我先藏在你家,"亚历山大说,"下次狼岛来人接你妻子的时候,你和我就用计骗他们的船,把那些狼岛的随从扔在这儿。这样我们就能少打斗一番,也能登岛了。只要我能上狼岛,肯定就能用我的剑迅速地解决麦克格鲁莫,加上你的帮助,更是如虎添翼。一旦贼首伏诛,其他乌合之众便不足为惧。"

铁匠被金币蒙了眼,欣然同意。几天之后,正如两人所料,狼岛派了一艘船来,上面有三个麦克格鲁莫的随从,船就停泊在索恩

岬角。

"岛主的夫人病得更重了,"其中一个随从回答麦考伦恩的问候说,"快派你的妻子去看看她吧。"

"来,进来吧,她还要等一会儿才能出发呢,"铁匠回答说,"你们确定船在树干上拴紧了吗?今天风太大了,要是你没系紧绳子,我怕船会被风吹走呢。我还是下去看看船停没停好吧。我就在船那边等你们好了,等我妻子准备好,你们直接带她下来就行。"狡猾的铁匠还在水壶里盛满了美酒,放在桌子上,然后才出去。这时候,他的妻子对丈夫的诡计一无所知,还在忙着为病人准备草药呢。

亚历山大和他新收服的手下先去船上了,那之后要过好一会儿,随从们才能把桌上的酒喝空呢。小船靠近狼岛的时候,根本没人费心去监视船上的人,因为他们觉得船上载着的肯定就是那位来看护的妇人,不可能是什么危险分子。

更幸运的是,麦克鲁莫正好亲自去水边接这位妇人,就为了快点带她回城堡去照顾妻子。这时候他发现船上的人不是自己的随从,但现在招呼手下已经太晚了,麦克鲁莫又不愿意直接逃跑。船一靠岸,麦克鲁莫就跳上去,正对着亚历山大的脑袋攻去,把对方打得几乎昏死过去。然后他抽出一把短匕首,这把匕首之前可干掉过

不少敌人。他正要对着倒伏在地的亚历山大心口扎去，忽然有人从后面抓住他的手，制止了他。

麦考伦恩知道，要是亚历山大被干掉了，他一个人势单力薄，可没法抵挡得住强大的麦克格鲁莫。铁匠迅速权衡了一下，有没有可能编一个故事来解释自己的行为，让狼岛暴君相信自己还是忠诚的。当时情况危急，刻不容缓。短暂思考后，铁匠决定不能屈服，因为麦克格鲁莫根本不会听他解释，只会把他视为叛徒。所以为了自保，麦考伦恩用另一只空着的手从剑鞘里拔出剑，直接从后面刺穿了暴君的身体。

"我也不想偷袭别人，"铁匠之后解释说，"但是当时那是唯一的办法，既能了结麦克格鲁莫，又能让我活下来。"

这场战斗开始得很快，结束得也很快，要塞里的手下都没察觉到。两个人鬼鬼祟祟地穿过岛屿，到了堡垒的后门，迅速地制服了两个随从。其他人看到敌人如此勇猛，又听说首领已死，没怎么抵抗就屈服了。

麦克格鲁莫强娶的妻子卧病在床，可怜的夫人实在不幸，又因为外面的骚动而愈发难过。夫人期盼着妇人的安慰，然而进房间的却很明显是两个杀人凶手。亚历山大赶紧向她保证，他们不是来伤害她

的。夫人的悲戚让亚历山大内心动容。

"我杀了你的丈夫。"亚历山生硬地告诉夫人。然而她听了这句话，反而长舒了一口气。

"你们不是敌人，而是我的朋友，"夫人说，"自从这个强盗入侵狼岛，杀掉了我的父亲，我就一直痛苦不堪。现在我觉得，不需要人照顾，我也能痊愈了。"

就在这天晚上，她心神放松、精神振奋，于是从病床上起身招待了两位冒险者，欢声笑语，远胜过她在之前不幸的婚姻中强露的笑颜。夜宴将尽，亚历山大决定，要结束这场成功的冒险，还需要带回一个新娘。

"你要是不同意，"他对这位狼岛公主说，"我就只能干出和麦克格鲁莫一样的事情，强娶你，把你囚禁在这里，直到你屈服为止。"我们也不知道这到底是威胁还是玩笑，因为这位狼岛公主与亚历山大两情相悦，欣然答应了他的求婚。

芬格尔把狼岛作为结婚礼物永远赐给了这对夫妻。我们的故事在这里就要结束了，王子和公主就此幸福地生活在一起，直到永远。

里尔的孩子们

伟大的爱尔兰首领里尔的孩子们,正徜徉在达瓦湖畔,沐浴在夏日的阳光中。最年长的男孩名叫艾德,他和两个年幼的弟弟玩闹正欢,这两个弟弟分别叫菲亚奇拉和康恩。妹妹菲诺拉却沉默地独自走着,眼中藏着深重的悲伤。

里尔的孩子们

"亲爱的菲诺拉,"菲亚奇拉和康恩离开去追蝴蝶了,艾德才腾出空来问妹妹,"告诉我,你怎么了?曾经你和弟弟们一样快乐,可是现在你却如此悲伤。我亲爱的妹妹,到底是什么在困扰你?"

菲诺拉一直没有说话。等到菲亚奇拉和康恩跑远了,听不见她的声音,她才抓着哥哥的胳膊,颤抖着低声说:"我心中时刻恐惧着,怎么可能高兴得起来呢?"

"恐惧!"艾德震惊地重复道,"伟大的首领之女怎么会恐惧?"

"我怕的是继母艾娃,"菲诺拉回答说,"听着,艾德,我很清楚艾娃看起来善良又美丽,但是我心里觉得不对劲。"她把手放在胸口,又郑重地说:"她很不对劲,我害怕她会对我们做出什么不好的事情。"

"不,你说的不对,"艾德摇摇头,"艾娃有什么理由伤害我们?"

"因为她嫉妒,父亲太爱我们了,"菲诺拉悲伤地回答,"你得相信我,艾德。事实上,事实上我说的话很有道理。我看到她对着两个小弟弟笑容满面,可是她以为我们没有在看她的时候,她的笑容就会扭曲成恶毒狡诈的样子。而且哥哥,在我的梦里,艾娃总是以一种邪恶的形象出现。"

里尔的孩子们

"你不过是在做梦罢了,妹妹,"艾德大声说,他爱意满满地抱住妹妹,"你对艾娃的偏见其实只是愚蠢的白日梦。现在开心点,别再想这些事情了。看,父亲来了,艾娃就依偎在他的身旁。我会仔细看着她的。"艾德眼里闪过一点玩笑的意味,又说道:"这样一来,我就能看到艾娃'恶毒狡诈的样子'了。"

伟大的首领里尔和他的妻子艾娃经过了长满苔藓的岩石。首领里尔面容俊美高贵,艾娃也是举止雍容,容貌秀丽,与丈夫十分相配。难道说,国王柏布的养女艾娃,本身也有着贵族血统吗?她面带甜美的微笑注视着孩子们。里尔则加快脚步,大声说:

"我的宝贝们,你们在做什么呢?我猜猜,是不是想要在湖里游泳啊?"

"是的,是的,父亲,"四个孩子迫不及待地回答,"你能不能在旁边看着我们呀?"

"不行哦,我没办法看着你们,"里尔回答说,"因为我正要去觐见国王呢。"

"那带我们一起嘛!"菲亚奇拉和康恩抓着父亲的披风,叫着:"带我们吧,带我们吧,亲爱的爸爸。"

"为什么要带你们两个小家伙啊?国王和你们能有什么话说

呢？"里尔笑着问。"亲爱的，你看看这几个孩子，"他又转头对艾娃说，"他们是不是一天天地长得愈发健康茁壮了呢？我亲爱的艾德很快就会长得高高壮壮的，成为一个勇士呢！"

"是啊，确实是这样，"艾娃温柔地回答，"可是菲诺拉还是一副不高兴的样子，我看到她这样，自己也觉得悲伤。亲爱的孩子，要是你能和兄弟们一样快乐就好了。我能为你做点什么，才能让你的脸颊重焕笑意，眼里染上幸福？"艾娃温柔地亲吻菲诺拉，艾德则给了妹妹一个胜利的眼神。

"是啊，我的女儿，艾娃说得很对，"里尔不耐烦地说，"别让我们担心了。这个世界如此美丽，可不是为了让你悲伤的。你得自己寻找快乐，不要自找不痛快。现在是你该去湖里玩儿的时候了，我得走了。来吧，艾娃。"

"让我留在这里看着孩子们吧，"艾娃说，"我喜欢看孩子们在水里玩耍的样子，他们让我想到在湖面上优雅滑翔的美丽水鸟。"

"鸟儿？"里尔大笑着插嘴，"你肯定是在说鱼吧，我亲爱的妻子。那就让孩子当鱼吧！"和妻儿话别后，这位首领就离开了。很快里尔就走到了大家看不见的地方，身影隐没在湖岸边缘的树林里。菲诺拉觉得，里尔离开时仿佛带走了白日的阳光。因为现在一片乌云遮

里尔的孩子们

挡住了太阳，水边的芦苇摇曳着，沙沙的声响令人悲伤。

"来吧，孩子们，脱掉衣服。"艾娃说。她说话的时候阳光又从云后浮现出来，孩子们很快就准备好下水，一个个跳进了湖里。

"让我看看谁能游得最快最好，"艾娃高兴地大声说，"我会给最快的人奖励。如果你们都一样好，那就每个人都有奖励。"

"那么，妹妹，"艾德低声说，"你现在怎么看继母艾娃？你还觉得她恶毒狡诈吗？"

"我还是不踏实，"菲诺拉回答说，"但是我恐怕你不会在意，等你在意了已经太晚了。"

艾娃看着四个孩子的头发在阳光下闪闪发亮，她脸上的甜美笑容消失了，取而代之的则是一副恶毒的样子。

"该死的小孩！"艾娃咕哝着，"我真希望他们淹死！里尔全心全意爱这四个小屁孩，这份爱意本来应该独属于我！要是我能强壮到直接杀掉这四个小兔崽子就好了，我的仆人都太没种了，根本不敢按我的要求下手。幸好，我还有魔法——我当然会成功的。亲爱的里尔啊，你说让他们变成鱼？才不呢，我觉得我才是对的，要把他们变成鸟儿才行。"

艾娃邪恶地嗤笑，她悄悄地走到湖边，蹲下来靠近水面。

"谁能最快游到我这里？"她大叫。

水花溅起，泠泠作响。菲诺拉和艾德一起游在前头，菲亚奇拉和康恩稍稍落后。

"来拿你们的奖励吧，亲爱的孩子们。"艾娃在四个孩子游到她面前时说。她从胸口处拿出一根魔杖，轻轻点在四个孩子的头上，同时念叨着诡异的咒语。

过了一会儿，什么事也没有发生，艾娃的眼神因为恐惧而变得有些黯淡。难道她的计划终究要化为泡影了吗？突然，事情发生了转变——她忽然发出胜利的惊呼，因为眼前的四个孩子变了，瞧瞧她看到了什么？四个孩子变成了四只天鹅，脖颈细长，羽毛丰美。不过四双天鹅的眼睛凝视着艾娃，眼里是悲伤的困惑，那可不是鸟儿的眼睛——那是菲诺拉和三兄弟的灵魂，透过眼睛哀伤地看着她。

"天哪！艾娃，艾娃，你对我们干了什么？"里尔的孩子们大叫。

"你们怎么还能说人话？"艾娃皱了皱眉，又继续说道，"没关系，我觉得那也没什么用。想知道我对你们做了什么？看看湖面吧，蠢孩子！"

四只天鹅低下头，他们看到了湖面上的倒影，悲伤地哭了。即使艾娃铁石心肠，也不禁心软了一下，她开始后悔自己的举动了，同

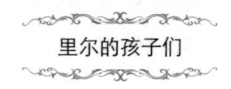
里尔的孩子们

时担心自己承受不住里尔的怒火。

"天哪！天哪！"可怜的孩子们悲伤地叹息，"请给我们解开咒语吧，求求你了。"

"就算我想，我也做不到啊。"艾娃回答说。她的心又变得冷酷起来，因为想到了里尔对孩子深切的爱意。

"难道我们再也不能变回人类的样子了吗？"菲诺拉问道，"别告诉我们，一直到死都要保持这副可悲可怜的样子。"

艾娃嘲讽地笑了，然后起身离开。走之前，她念道：

"你们四人，要一直保持着这个令你们憎恨的样子；

在湖里游泳，然后前往深海；

直到远处的海岸，传来钟声；

你们才能永远解脱出来。"

然后，艾娃再也没说什么话，也没理会四个孩子，就走了。

"钟声？艾娃是什么意思？"菲亚奇拉和康恩问道。这两个孩子根本没明白自己遭受的残酷对待。实际上，他们还觉得自己从男孩变成天鹅，是个好笑的恶作剧呢。

"我也不知道她是什么意思，亲爱的弟弟。"菲诺拉悲伤地说。

而可怜的艾德抱怨道："天哪！天哪！我早该听你的，菲诺拉。

我本来可以警告父亲艾娃要使坏的,他肯定能保护我们。"

"千万别就这样绝望下去。"菲诺拉说。既然最坏的事情已经发生了,菲诺拉的不祥预感成真,心里反而鼓起勇气来了。"父亲会发现艾娃的恶行的,谁知道呢?也许父亲能帮我们。我们就待在这里,直到黄昏吧。"

"父亲也做不了什么,"艾德回答说,"我们再也不能当他的孩子了。"

"恐怕我们从现在开始,就永远不能和人类生活在一起了,"菲诺拉说,"但是我们能讲话,能讲爱尔兰语,我们能唱甜蜜的歌,让我们高声歌唱吧。"

四只天鹅孩子的歌声传到很远的地方。天色渐晚,人们停下手头的工作,倾听天鹅孩子们的歌声。

同时,艾娃正等着里尔回来,心里又是忐忑,又是喜悦。首领里尔从国王柏布的城堡回来之后,艾娃照常问候里尔。

"孩子们呢?"里尔拥抱了一下妻子,问道,"国王有话要带给孩子们,让我明天带他们觐见。"

"我不知道他们在哪里,"艾娃满不在意地说,"他们游泳的时候我就离开了,那之后我再也没见过他们。亲爱的丈夫,你肯定累了,来休息一会儿,放松一下吧。"

里尔看起来很不安。"现在很晚了,"他说,"我得找到孩子们,他们早就该回来了。"

"他们很快就会回来了,毫无疑问。现在和我待一会儿吧,我亲爱的丈夫,"艾娃用自己漂亮的胳膊缠上丈夫的脖子,"我们分别好几个小时了。"

里尔再一次拥抱了妻子,但是心思已经飘远了。

"我得走了,"他又说,"原谅我,艾娃,但是我害怕我宝贝的孩子们会受到伤害。"

里尔着急地走了,艾娃则一动不动,目送他走远了。

夜幕降临,一颗又一颗星星点亮了天空。月亮升起,里尔的城堡笼罩在银色的月辉中。城堡里,仆人们都开始吃喝起来,还一边想着主人和小主人们去哪儿了。但是城堡外,艾娃仍旧等待着,不敢动弹。很久之后,一阵脚步声响起,她看到一个身影靠近。那身影微微弓起,脚步虚弱,这不可能会是高大英俊的里尔吧?

他越来越近,艾娃害怕地后退几步,因为那就是里尔,但是他变得让人认不出来了。

"该死的女人!"里尔痛苦地大吼,"退后!我怕我会把你打倒在

里尔的孩子们

地上!"

"你什么意思,里尔,为什么对我如此粗鲁?"艾娃问。她想要假装无辜,但是徒劳无功。

"你这个邪恶的女巫,"里尔说,"现在解开你对我的孩子们下的咒语。"

"我做不到。"她发现里尔已经知道了真相,于是辩解道,"他们只能一直保持着鸟儿的样子了,真的,这和他们应得的命运比起来根本算不了什么。"

"他们怎么你了?"里尔问,一边痛苦地用手抱住脑袋。

"他们夺走了你对我的爱。"艾娃骄傲地回答。

"爱?我爱过你吗?"里尔冷酷地说,"那不过是你的巫术,让我相信你能够替孩子的母亲照顾好他们。现在滚出去,恶毒的女人!"里尔不想听艾娃的狡辩和借口了,他整晚都痛苦不已,泪流满面。

黎明已至,他下定决心,拖着颤抖不已的艾娃来到国王柏布面前,要求国王主持公道。

国王听说了里尔家的悲剧,却悲伤地摇摇头,说:

"我也做不了什么,可怜的里尔,除非这个邪恶的女人愿意解除咒语,放过你的孩子。我羞于承认她居然是我的养女。"

"我没有解开咒语的能力啊!"艾娃大叫,"下咒也许很容易,但是解开咒语,就算是天神也不一定做得到啊!"

"你这话没错,"国王说,"可是你之后说的钟声能解开咒语,又是什么意思?"

艾娃回答说:"事实上,我也不知道这个预言的意义。这是我不自觉说出来的。"

国王责骂艾娃,痛斥她残忍恶毒,竟然让人类小孩过鸟儿的生活,但是艾娃辩解说她自己就算变成天鹅也不觉得怎样。

"我变成什么样子都不在意,"她还说,"但是就是不想变成恶魔。恶魔太可怕了,那是我唯一害怕的东西。"

"那你就把自己变成恶魔好了!"国王柏布厉声大吼,"你遭到什么天谴都不过分。"

国王拿起权杖揍她,一下,两下,刚要打第三下时,艾娃愤怒地大叫一声。过了一会儿,她褪去美丽的容颜,变成了可怕的恶魔,尖叫着绕着大厅飞了几圈,然后消失了。人们再也没看到过艾娃。但是,就算残酷地惩罚了艾娃,可怜的里尔也没法挽回自己的孩子。他只能去湖上找到孩子们,告诉他们自己没法帮助他们。

"别伤心了,亲爱的父亲。"菲诺拉说,"每天你都可以来这里,

和我们说说话,虽然我们是鸟儿的形态,但是你知道我们还是你挚爱的孩子啊。"

里尔只能同意了。渐渐地,国外的人也知道了这个故事,许多人来到达瓦湖,和天鹅孩子们讲话,听他们优美的歌声。国王柏布也经常来看他们,担心有些人因为不知道他们是谁而伤害他们。国王还颁布法律,爱尔兰的天鹅想飞到哪里就飞到哪里,人们不许打扰阻拦。

就这样,时间过去了很久。有一天晚上发生了可怕的风暴,达瓦湖涨水了。虽然天鹅孩子们奋力挣扎,但是他们还是被水流带走了,猛烈的风把他们吹走,离开达瓦湖很远很远。孩子们无力抵挡水流,黎明到来的时候,他们已经在海上了,潮水冲刷着高山。

"我们怎么办啊?"艾德叫道,"我们怎么在危险重重的海域生存啊?"

"天哪!天哪!太冷了,太冷了,"菲亚奇拉和康恩悲叹,"父亲还等着我们呢。我们得回到达瓦湖去。"

"我们永远也找不到回去的路了。"艾德绝望地说。但是菲诺拉求他们鼓起勇气,让兄弟们围成一圈,依靠在自己的羽毛之下,互相取暖。

里尔的孩子们

菲诺拉说:"等春天来了,我们就能回到达瓦湖了。"

但是冬天又长又冷,天鹅孩子们在孤独凄凉的海上受了不少苦。他们只能睡在坚硬的岩石上,靠着沙子和盐水勉强充饥度日。

最终春天来了,紧接着就是夏天,但是天鹅孩子们始终没法逃离这座水上监狱。季节变换,天鹅孩子们只能无奈地忍受着,靠着心中的勇气撑下去。就这样,一年又一年过去了。

很久之后的一天,菲诺拉尽可能游向海岸,她看到远处伫立着一个巨大的物体,看起来好像一座富丽堂皇的建筑物。她让兄弟们看那座建筑,大家都觉得可能是个城堡。但是菲诺拉却坚信那绝不是人的住处。要是她知道那是什么地方的话,她的心情会多么欢快啊!因为那是一座教堂,在塔的顶端悬挂着大钟。巨大的钟将会解放这些可怜的孩子。

有一位圣职人员名叫帕特里克,他来到爱尔兰,发现人们的信仰千奇百怪,于是他开始推动全爱尔兰修建教堂,然后在其中传教。他选中的第一处地点,就是靠近里尔的孩子们的那个海岸。孩子们在那里待了很久了,也遭了很多罪。一天早上,令人敬畏的教堂终于建成了,钟声响起来:"叮咚叮咚。"风平浪静的海面上回荡着巨大的钟声,天鹅孩子们带着敬畏看着彼此。他们向着海岸游去,自从被风暴

吹到这片阴郁凄凉的海上,他们第一次毫无阻碍地登上了陆地。他们快速地前往教堂,踏进门槛,牧师正在一个接一个地为民众赐福。

"请您也给我们赐福吧!"天鹅们大叫,"因为我们非常痛苦。"

"能说人话的天鹅!"牧师惊讶地大叫,"你们肯定是里尔的孩子吧?我在许多年前听说了你们悲惨的命运。靠近点,可怜的孩子们。"然后他把手放到天鹅孩子的头顶,伴着钟声祝福他们。

牧师结束祷告,天鹅们抬起头,向他道谢。他们正说着感谢的话,羽毛脱落了,他们在阳光下站起来了——不再是天鹅的样子,也不是儿童的样子,艾德、菲亚奇拉和康恩已经是三位勇武的年轻人,菲诺拉则长成了一位漂亮的姑娘。

"敬爱的牧师先生!"他们意识到艾娃的咒语破解了,于是说:"求您了,告诉我们,我们要去哪里找到我们的父亲,伟大的首领里尔呢?"

"可怜的孩子,"牧师悲伤地说,"里尔早就离开人世了。自从你们受到诅咒,已经过去很多年了,你们难道不知道吗?"

看着四个年轻人流下痛苦的泪水,牧师安慰他们道:"别难过了,虽然你们的父亲不在了,但是我会教会你们生活之道,你们会在天堂与父亲再见的。"

　　里尔的孩子们听到牧师的安慰，心里好受了许多。之后，四个年轻人进入尘世，快乐地生活着。在爱尔兰，即使是今天，我们也满怀温柔地铭记他们的故事：因为他们，爱尔兰人尤为喜爱天鹅。

德韦达亲王

很久很久以前,有一位年轻的亲王,他所统治的一部分威尔士地区彼时被称为德韦达。亲王名叫皮威尔,他统治的德韦达物阜民丰,他本人也颇受臣民爱戴,因此生活得十分幸福。皮威尔国王拥有许多富丽堂皇的宫殿,其中他最喜欢的是拿波斯堡。他经常驾临此地,召开群臣会议。

一年春天,亲王又一次驾临了拿波斯。城堡里举办洗尘宴会欢迎贵客,宴会上极尽欢乐。宴会快要结束之际,皮威尔从餐桌处站起身来,对其中一个廷臣说:"今天天气真不错,来,陪我走一走吧。"

廷臣不胜荣幸能陪伴尊贵的亲王出行。他们登上一座山丘,山丘离城堡不远,站在山顶,可以远望德韦达广袤的领地。皮威尔望着下方的茂密森林和丰饶村落,说道:"啊,我的领土如此富饶。"

"是啊,殿下。"廷臣说道,"有关您的这些领土,属下能否向您禀报臣民们的一个心愿?"

"我知道你要说什么,"皮威尔笑着说,"是不是想让我娶位妻子,共享我的财产?"

英国神话与传说

"确实如此,殿下,"廷臣答复,"臣民们认为,您该有一位继承人才好,这位小王子无疑将会继承您的高贵品格。"

"但是,要想结婚,我就得找一位自己真心爱着的女子。"皮威尔沉思着,正打算坐在附近的一处草丘上,廷臣却一把抓住亲王的胳膊,叫道:"请您原谅我,殿下,您不能坐在这里啊!"

"为什么不能坐?"亲王惊讶地问道,"我觉得这个位置很好,有树可以遮阳,正好我觉得有点热。"

"您说的对,"廷臣回答,"但是殿下,您没有听过有关此地的一则预言吗?"

"从没听过,"皮威尔说,"请你讲讲吧。"

德韦达亲王

于是廷臣向亲王讲述了拿波斯的当地传说。如果有人坐在这个小土丘上，他身上就会发生以下两件事情中的一件：要么他会被无形的刺客袭击；要么他会看到一个奇迹。

"那就让我在这儿坐着吧！"皮威尔大声说着，高兴地坐下了，"我不怕无形的刺客，要是能看到奇迹，倒是会让我心情愉悦。"

"请让我守在您身边吧，以防您需要我的协助，殿下。"廷臣警戒地说，但是皮威尔命令说他要独自等待预言实现。于是廷臣下了山，回到了城堡，但恐怕不幸的命运会降临到亲王头上。

与此同时，亲王耐心地坐在小土丘上。然而他并没有受到袭击，也没有看到什么美景，眼前只是德韦达的丰饶土地。

"不过是乡村野谈罢了！"过了一会儿，皮威尔自言自语。说完他站起身，正要离开时，他听到了一阵马蹄声，看到有一个人骑马沿路向山丘奔来。那是一位女子，身穿金衣，骑着白马。她到了山下，轻松地骑着马上了小山。到达山顶时，她让马停下，掀开了遮脸的面纱。

"我真的看到了奇迹。"亲王低声惊叹，他从没见过如此美丽的女子。他上前向女子鞠了一躬，说道："日安，尊贵的女士。"

"日安，德韦达的君主！"女子的话语如音乐一般飘进亲王耳中，

"我远道而来，就是为了找您。"

"荣幸至极！"亲王喊道，"我很乐意为您效劳。请您告诉我，您是何人，来自哪里？"

"我名叫瑞安诺，是领主海伍德的女儿，"女子答道，"我听说您会为受压迫的人主持公道，于是我从父亲的城堡出发前来找您，想听听您的意见。"

"到底是什么人竟敢欺压您？"亲王生气极了，他手按剑柄，问道。

"您用剑是帮不了我的，亲爱的殿下，"瑞安诺回答，"我需要您的建议。"

随后瑞安诺告诉亲王，她的父亲等人想把她嫁给一位她并不喜欢的王子。这位追求者实力强大，诡计多端，她害怕自己会被迫嫁给对方。

"只要我在，就不允许这样的事情发生！"皮威尔大声说道。他看着瑞安诺的眼睛，直到对方脸飞红霞，困惑地把头转向一边。"亲爱的姑娘，"亲王恳求她，"请允许我成为您的追求者吧，我对您一见钟情。要是您拒绝我，我就真的心如死灰了。"

瑞安诺回答说："我也爱上了您。"亲王听到此话高兴极了。这对

德韦达亲王

情侣在这个有魔力的小土丘上定下终身,愉快地交谈。过了很久,夜幕降临,瑞安诺着急地说:"我得回父亲的城堡了。"

"请让我护送您回去,并向您的父亲提亲。"皮威尔说道。瑞安诺却回答说,他不能送她回去,这不合适。但如果他能在约定好的时间来到城堡,她便能在那一天和他结婚。

"那么我什么时候才能拜访呢?"皮威尔迫不及待地问。

但是令他失望的是,瑞安诺回答说:"从今天开始,再过十二个月。"

亲王抗议说自己根本等不了那么久,但是瑞安诺却说:"是这样的,在那之前我不能嫁给您。为了不嫁给格沃尔——那个我讨厌的追求者,我对父亲发誓说,在十二个月之内,我不会嫁给任何人。请您为我遵守誓言,按照约定时间来见我。亲爱的皮威尔,我会准备宴席向您致意。"

虽然皮威尔想到要等很久才能娶到新娘就有些伤心,但他必须听从她的要求。瑞安诺与亲王分别后,赶回了父亲海伍德的城堡。

对皮威尔亲王来说,等待的时光漫长得无穷无尽。终于,十二个月过去了,他带上了一百位骑士,出发去迎娶自己的新娘。

瑞安诺已禀告父亲,皮威尔要来求亲。领主十分高兴能够将女

德韦达亲王

儿嫁给德韦达的亲王,于是他准备了盛大的宴会,欢迎皮威尔亲王和他的骑士们来到海伍德城堡。一行人得到了热忱、得体的款待。

有情人因相会欣喜不已。大家各自落座,瑞安诺坐在皮威尔的一边,瑞安诺的父亲坐在皮威尔的另一边。宴会过半,有位高个子、衣着华贵、赤褐色头发的年轻人走进了宴会厅,他径直走到皮威尔面前,大声请求:"向您敬礼,德韦达的亲王!恳请您答应我一个请求。"

"我很乐意,"此刻心情大悦的皮威尔很乐意帮助别人,于是他说,"你尽管提要求,只要我能做到,我都会满足你。"

"此话不妥。"瑞安诺赶快低声说,"你知道他是谁吗?他就是格沃尔!我父亲差点强行把我嫁给他。"

还没等皮威尔开口,格沃尔就大声说:

"在座的各位可都听见德韦达亲王的话了吧!他答应说,只要他能做到,我尽管提要求。"

"是这样。"众人说。

"那么,"格沃尔带着胜利的笑容说,"我要海伍德领主的女儿瑞安诺嫁给我!"

宴会厅里的众人听到这番话后惊讶不已。皮威尔听到格沃尔无

礼的要求后惊呆了，他站起身来大声说："你什么意思？无礼的家伙！小心点，免得我因为这样的要求而惩罚你！"

"别说了，"瑞安诺悲伤地说，"您当着众人的面许下诺言，现在您得遵守，不然所有人都会唾弃您。"

"难道我就要把你让给他？"皮威尔生气地说，"决不，我宁愿死也不愿失去你！"

亲王想要和格沃尔决斗，但是瑞安诺低声说："把我许给他，求您了，您得信守承诺。但是别怕，我永远不会属于他。我们可以用智谋打败他的诡计，但是您得有点耐心。"

然后，瑞安诺用傲慢的口吻对格沃尔说："那就这样吧，既然你非要我嫁给你，你就得满足我两个条件。第一，你得等十二个月之后才能来提亲，因为我需要时间来平复与德韦达亲王分离的悲伤。"

格沃尔本想拒绝，但海伍德领主说这个要求合情合理，他必须同意。

"第二，"瑞安诺继续说，"我得私下和皮威尔亲王告别，我不希望任何人看到我的悲伤。"

"这个要求也很合理。"海伍德领主说。于是格沃尔只能允诺满足这两项要求，虽然他心里很不乐意。

瑞安诺把皮威尔带到宴会厅的一个昏暗角落，给了他一个侍女送来的小袋子。随后两人交谈了很久，瑞安诺态度真诚热烈，她让皮威尔记住她说过的话，说如果皮威尔能按她的要求行事，那么一切都会很顺利。后来这对恋人告别了对方，皮威尔和骑士们愤懑地回到了拿波斯。亲王心里仍有希望，知道他还没有永远失去他的新娘。

第二年慢慢过去了。这段日子里，格沃尔一想到美丽的瑞安诺就要属于自己，便十分开心。终于到了约定的日子，格沃尔来到海伍德城堡。城堡为格沃尔举办了欢迎宴会，就像十二个月前给德韦达亲王举办的一样。

瑞安诺冷静地接待了格沃尔，允许他坐在自己旁边，宴会开始了。

不久，有一位老人走进了宴会厅。他衣衫褴褛，脖子上挂着一个号角，颤抖的手里抓着一个破旧的口袋。

"我有一个请求，"他颤巍巍地对格沃尔说，"阁下，求您了，这可是您的结婚宴会啊。"

"你想要什么？"格沃尔警惕地问。他想着："这个老头应该不会要我的新娘。"

陌生老人回答说："我是个穷苦的老头，我只想吃点肉。您能赐

我些食物，装在这个小袋子里吗，阁下？"

"你的要求很合理，"格沃尔说，"那就给你的袋子里装些食物吧。"

"装满吗？"老人迫切地问。

"是的，装满。"格沃尔回答，然后他吩咐侍从去拿食物来，尽快装满老人的袋子。

侍从拿来食物往袋子里装，但是奇怪的是，越是往里放食物，口袋看起来就越空，因为袋子越变越大，大家都惊讶极了。最后格沃尔不耐烦了，大声说："老头，你的袋子是不是永远装不满？"

"是的，"老人说，"这是个魔法口袋。不过我听说，要想装满它得做到一件事。"

"做什么？"格沃尔大声问，他愈发不耐烦。

"阁下，是这样的，"老人说，"世界上所有的宝物放进去都无法填满它。除非拥有领土的人站起来，把双脚踩进袋子里，一边踩踏一边说'袋子装满了'。"

"蠢话连篇。"格沃尔愤怒地咒骂。但是瑞安诺说："站起来吧，亲爱的格沃尔，按照老者说的做，我有点害怕，希望他赶紧走。"

于是，格沃尔不情愿地按照瑞安诺的要求站起来，把双脚踩进

德韦达亲王

了袋子。一瞬间,老人掀起口袋两边,格沃尔整个掉了进去。随后陌生老人系上魔法口袋,在上面打了死结,又拿起号角,用力地吹起来。令在座宾客惊讶的是,一百位骑士冲了进来,老头去掉褴褛的伪装,露出了真面目,原来他是皮威尔,德韦达的亲王。此时,骑士们走上前来,用手中的兵器敲打袋子,并开心地告诉其他人袋子里有一只獾。挨打的格沃尔痛得大声喊叫,祈求怜悯。

海伍德领主对皮威尔亲王说:"对格沃尔的惩罚已经够了,求您把他放出来吧。"

"让他保证,如果放他离开,他就决不会来骚扰您。"瑞安诺十分睿智地说。

格沃尔在袋子里大声央求说如果皮威尔放了他,他就放弃和瑞安诺的婚约。

"那可不够,"皮威尔严厉地说,"你得发誓不会报复我。"

格沃尔发誓照做,袋子打开了,他从里面爬出来,遍体鳞伤,狼狈不堪。他现在除了逃走,也无颜做什么事了,于是只好回到了自己的领地。皮威尔和瑞安诺立刻举行了婚礼,庆祝起来。

两人在一起生活十分幸福。后来两人养育了一个男孩,他和父亲一样受到德韦达人民的爱戴。

其貌不扬的女士与英勇无畏的骑士

新年前夜,亚瑟王在卡莱尔堡富丽堂皇的宴会厅里举行宴会。大厅里张灯结彩,欢声笑语,宴席琳琅满目,席上高朋满座,英俊潇洒的骑士各坐其位。在大厅最前方端坐着王后桂妮薇儿,她是宴会上最为靓丽动人的女士,高居台上,周围环绕着宫廷贵妇。坐在她跟前的是一位吟游诗人,他轻柔地拨动琴弦,漫不经心地弹奏着竖琴。到处都是欢歌笑语,然而在谈话的停顿间,焦灼等待的气氛在悄然蔓延。

高文是亚瑟王最宠爱的侄儿,此时他正站在窗前,隔着窗扉看着外面的风雨,默默无言。王后美丽的眉眼间笼罩着忧愁,虽然她仍

其貌不扬的女士与英勇无畏的骑士

在假意和朋友谈笑,但她的眼睛却忍不住不停巡睃着厚重的帘幕背后的外厅。宴席已经齐备,时间也很晚了,但是没有人动身前往那盛满佳肴的宴会桌。

其貌不扬的女士与英勇无畏的骑士

终于，高文飞快地从窗扉处转身走开，对王后使了个眼色。嘈杂的谈笑声渐渐隐去，人们怀着期待沉默了些许时候，厚重的帷幕拉开，亚瑟王缓步踱入宴会厅，亲吻了妻子的手，然后示意侍从可以马上开席。

"我觉得，我们敬爱的陛下肯定摊上什么苦差事了，"凯伊爵士轻笑着说道，"现在倒是能换换口味了。"

"是啊，他发愁的程度跟你差不多吧，"加雷斯回答，"让我们祈祷吧，希望你办的宴席合他老人家的胃口，不然明早你就等着瞧吧。"不过一贯无礼的凯伊爵士作为厨师长，只是嘀咕了几句，打了几个响指。

宴会厅的另一边，亚瑟王、桂妮薇儿王后以及骑士高文似乎陷入了一场在旁人看来忧愁压抑的谈话里。国王脸色苍白，但是神色清醒，风尘仆仆的样子，因为他刚下马就进来了。国王几乎什么也没吃，侧身和两人讲他的旅程，很明显那不是什么愉快的经历。很快，丰盛佳肴、醇厚美酒以及动人音乐就让宴会上的大家躁动了起来。骑士们高声谈笑，女士们也娇声应和。脸色苍白的国王讲着自己的故事，不管他在说什么，反正是越来越引不起大家的注意了。

"请您全都告诉我吧，叔叔，"这时候高文说，"我不想听兜圈子的话了，也许我能帮到您，让您开心点。"

"这不是什么玩笑，"亚瑟王重重一叹，回答说，"我作为宫廷之主、骑士之王，向一位女士发了誓，但是我可能无法信守诺言了。"

"到底是怎么回事啊？"高文急切地问，"我肯定能抚慰这位女士的忧愁。"

"就是这么回事，长话短说。你知道的，去年圣诞节晚上我出去探险，去瓦瑟伦湖挑战邪恶的巨人，因为他的魔法让一位哀伤的女士失去了心爱的骑士。但是一进入巨人的魔法领域，我的力量就流失了，武器从手里掉落，连爱马都倒在地上，仿若死去，梅林的咒语也没能帮我打败这个巨人的魔法。当时真是千钧一发，只能等待敌人的发落。他放过了我，但条件是到新年那天，我得回去找他，回答他的问题：'一位女士在这世界上最想要的东西是什么？'

"我这些天在外面奔波不断，就是为了找到答

其貌不扬的女士与英勇无畏的骑士

案。要不是一位女士的帮助,我的尸体可能就只能腐烂在邪恶巨人的地牢里了。这位女士当时就坐在附近绿林里的一棵橡树和一棵冬青树之间——而且我知道她现在仍坐在那里。她告诉了我那个问题的答案,救了我一命。但是她要我发誓,必须把手下最英勇、最英俊的一位骑士许配给她才行。天哪,天哪,我可没办法遵守这个承诺!"

亚瑟王悲伤地叹气,可是侄子高文却高兴得不得了:"为什么啊,叔叔?我想和她结婚。我没有婚约,而且英勇无敌,看我的脸蛋,那位女士肯定拒绝不了我。"

"不,高文,消停一会儿,我还没跟你说那位女士长什么样子。"

"那您说吧,看我会不会退缩。"

"她丑陋不堪,"亚瑟王说,"树上的鸟儿看到她都会叫着飞走;她头发全白,年纪够做你的祖母;她只有一只眼睛,还是斜视,皮肤糙得像是羊皮纸,嘴巴还是歪的——但是公平点说,从那张嘴里吐出的话语却睿智又善良。"

"看吧,这就是关键,"高文说,"丑陋的圣人总比美丽的魔鬼强得多。就算她是这个样子,我也会娶她的。为了您的荣誉,陛下。"

就算亚瑟王再怎么描述这位女士的容貌,也是徒劳;就算国王再怎么禁止高文牺牲自己,挽救主君名誉,也没能成功。年轻人已经

下定决心,要让叔叔的承诺兑现。最后他们商定,第二天前往瓦瑟伦湖举办狩猎赛,在回来的路上找到那位女士,把她从绿林里带回来办婚礼。

凯伊爵士最先看到了这位女士。他不喜欢有人陪伴,总是独自一人骑马走在众人前头。返程的时候他骑马往巨人城堡的方向走,虽然只有亚瑟王知道城堡的存在。这时他忽然发现有个人躲在一丛冬青树下,裹着一件猩红色的斗篷。

"这是个女巫!"凯伊一下子想到。他勒马停下,嘟囔着:"绝对是个女巫。"凯伊站在女士面前,直勾勾地盯着她,好像已经中了咒语似的。最后,他完全不顾别人的感受,脱口而出:"天哪,我简直不敢相信这世界上还有这么丑陋的存在。"接着他大笑起来。穿红斗篷的女士苍白的脸上浮现了红晕,但是她并没有动,也没说话。很快,其他参加狩猎赛的人也陆续赶过来,凯伊爵士一边嘲笑一边让大家来看这位"丑得可怕的女巫"。

很多骑士要么继续前进,要么掉头返回,不愿意参与这场闹剧。高文和亚瑟王穿过树林,来到这位女士面前的时候,就算是凯伊也不敢再说什么,但是他还在笑。他也有自知之明,虽然自己对亚瑟王来说有不少值得欣赏的美德,但在礼仪风度方面却几乎为整个宫廷

其貌不扬的女士与英勇无畏的骑士

所诟病。

　　高文见了这般情况，举起鞭子开始抽打凯伊。"你这头猪！野蛮至极！"高文愤怒地说，"上天不开眼，才给了你一副漂亮面孔来掩盖粗俗的头脑。不过我用不了多久，就能让你变得比这位女士还丑。让你拿别人的缺陷当玩笑！"高文清澈的眼睛带着鄙夷看向凯伊。这位最没礼貌的骑士也低下了头，说不出什么坏话了。

　　女士抬起头看向高文，脸上羞耻的红晕消失了。她微笑地看着高文，但是高文用尽力气，才能不被女士可怕的脸吓退。

　　他极力克制自己，提醒自己要对亚瑟王尽忠，要保持骑士精神；然后，他从马上跳下来，温柔地把女士扶上马。他再没说什么话，坐在女士身后，慢慢地骑回卡莱尔堡。亚瑟王手下最英俊、最勇猛的骑士高文，却要娶一位最丑陋、最年长的新娘了。

　　宫廷贵妇们的痛惜，和凯伊等无礼之人的嘲笑一样多。大家低声传开消息："高文从森林里带回来一个巫婆做新娘，天哪！英俊的高文！听他们说是为了挽救国王的名誉！可怜的高文！"

　　但是这些低语和评价里，从来没人说过一句"可怜的女士"。

　　高文坐在女士身后，骑马进入城池，看到这位女士低垂的脑袋、笨拙驼背的身体，心里十分同情。他几乎忘记了自己对她容貌的

其貌不扬的女士与英勇无畏的骑士

反感，而是在心里发誓，要尽最大的努力，让这位不幸的女士重新快乐起来。"虽然对这个可怜人来说，"他想，"长着这样的脸和身体，人生也总是枯燥无味的吧。"

两人下马，高文牵着她走过宫殿雕花的大门，为桂妮薇儿王后引见这位女士。王后早知真相且性情温柔，所以亲切地对这位女士微笑，尊重地问候她。到了晚上，亚瑟王召唤了一位主教，立刻举办这场并不合适的婚礼，王后甚至还站在这位女士身边给她做伴娘。仪式结束，宴饮和舞会宣告开始。新郎在这段难熬的时间里显得无比镇静从容，坚持要领着新娘跳开场舞。许多人觉得他可能会退缩，从席上离开。他们认为，在这明显门不当户不对的婚礼上还要假装高兴的样子，实在是太过讽刺了。可是，这位女士虽然步履蹒跚，但还是尽力优雅地牵着高文的手，在他身边吃力地走着；而新郎呢，则同样优雅从容，扶着新娘，耐心又细致，即使是凯伊这样的人也不敢嘲笑他了。从来没有哪一个骑士像高文这样真正地践行了骑士精神。

终于，亚瑟王宣布庆祝仪式结束了。宾客们列队走上高台，台上站着新人，大家都肃穆极了，一一亲吻女士的手，拥抱高文，试图说出几句祝福的话。而国王站在一旁，注意到大家说话都是只言片语，没能说完。行吻手礼的时候，大家也只是草草对付一下，完成亲吻动作。最后一个宾客走后，即使是高文自己也松了一口气，现在就只剩下国王和王后要说祝福了。桂妮薇儿说不出话——她心情沉重，搭着高文的脖子，想要哭出来，但是又对女士抱有同情，所以克制住了自己。

亚瑟王说："侄儿，我本不该说这话，你又一次证明了自己，但是这一次我却希望你当个懦夫。不过，谁知道呢，你这样做的回报也许比你所证明的忠诚还要珍贵呢。"

女士却发出了刺耳的笑声。"的确如此，国王陛下。的确如此！"她喊道，忽然用新娘礼服的裙摆包住了脸，飞快地逃出了宴会厅。

三个人都惊讶地看着她。"她怎么如此灵敏？"亚瑟王问，"我看她跳舞的时候，还以为她的腿也是僵化畸形的，就像她的嘴巴和眼睛一样。"但高文一刻也未停留，立即追了出去，

其貌不扬的女士与英勇无畏的骑士

他不想再听他人的祝福或者质疑了。他紧跟在新娘身后，走过低矮的拱廊，走廊通向卧室，那里是国王安排给新婚的侄儿侄媳的。

高文走进这间房间，他看着新婚妻子，她还是穿着礼服，盖着脸。炉火炎炎，新娘坐在壁炉边，背对着高文。高文快速地移开了目光，不去看新娘隆起的肩膀。他跳舞的时候一直盯着那里看，是时候该收回目光了。现在该说点什么呢？要是在人群拥挤的宴会厅里，讲一讲旅途、打猎过程中的趣事倒是很容易；但是当骑士单独和新娘待在一起，就得说些甜言蜜语让她高兴才行。高文坐在长椅上，挨着关紧的窗户，把头埋进手里，沉浸在难过的情绪里。他的确挽救了叔叔的名誉——但是他付出了多么大的代价啊！

过了一会儿，高文听到了一阵轻柔的笑声，他抬起头。炉火边的女士动了，揭开面纱转向他。此刻，他看到了一位绝世美人，二十岁上下的年纪，高挑苗条，身体柔软，脸庞可爱，就像王后一样美丽。她的眼睛和头发黑得像乌鸦，双眼如点漆，秀发如棕瀑，垂落在腰际。

高文慢慢地从躺椅上起身，好像着了魔一样走向她，问道："你是谁？你从哪里来？"

"我来自绿林，是你的新娘。"少女回答。为了说服他，新娘站起身,向他张开纤细有力的手臂。

高文心里想到了可怕的事情。"那你,你是个女巫?"他喘着气问道。不过这位美丽女士的笑容很快就驱散了高文心中的恐惧。

"不是的,我是巫术的受害者,"她说,"告诉我我是美丽的,你至少能试着爱我,然后我才会告诉你我被施咒的故事。"

"你不是普通的漂亮,你是就美的化身!"高文说,"我根本不用试着爱上你!我已经爱上了你!"

美人因为高文的话害羞地低下头,这次不再是为了藏住自己的脸:她的脸上涌起快乐的红晕,更加娇嫩可爱了。

"坐下,"她说,"听听我的故事。"高文坐在壁炉前的裘皮毯上。美人开始讲述自己的故事:"我父亲是一位高贵富有的领主,他十分宠爱我和我唯一的哥哥。但是母亲去世之后,父亲又娶了一位妻子,她半人半巫,十分邪恶。因为继母讨厌我和哥哥,嫉妒父亲对我们的宠爱,所以她对我们施咒,让父亲把我们赶走。最后我们都变成了恶魔的奴仆。她的咒语让我的容颜和身体都变得可怕。我的哥哥则被变成了一个性情暴躁的邪恶巨人,住在瓦瑟伦湖的城堡里,他就是向亚瑟王发出挑战的那个怪物。不过,如果有一位英俊勇敢的骑士愿意不顾我的丑陋与我结婚,那么这种丑陋的样子只会保持半天,而后半天

我则会恢复天然的美貌。现在,亲爱的丈夫,你要做出一项重要的选择了:我是对你保持漂亮的容貌,对其他人保持丑陋呢;还是对你保持丑陋,但是对其他人保持漂亮的容貌呢?"

高文毫不犹豫。"对我漂亮!对我漂亮就行!"他冲动地喊道。

"所以就算是你,也只会考虑自己的欢愉,而不是妻子的快乐?"女孩悲伤地说,"为了让你看到我的美貌,我就得被你的朋友们嘲笑了。"

高文立刻意识到自己的选择是非常自私的。于是他柔下声音:"世界上最可爱、最美丽的女孩,只要你愿意,你可以对别人保持漂亮的容貌。私下里,我能透过你的面具,看到你真实的美丽。你觉得哪种更好,就选哪一种,全看你的意愿和想法。不管你选什么我都完全同意。"

听到这个,女士拍着手,俯下身亲吻他的前额,说:"和我结婚,你打破了女巫一半的魔咒;现在遵从我的意愿,你打破了全部的魔咒,连我哥哥的魔咒也一并解除了!因为当勇敢英俊的丈夫——要是我能找到一个的话——让我按我的意愿来选择人生的那一刻,不光我身上的魔咒会全部解开,瓦瑟伦湖的巨人身上的魔咒也解开了,哥哥现在已经变回了骑士的样子,他会成为亚瑟王忠诚的追随者。"

高文的惊讶根本没法用语言来形容,他高兴极了,无意之间竟能够达成如此圆满的结果。直到深夜,他一直坐在新娘身边,谈着现在和未来的幸福生活,向她倾诉自己的爱意。直到炉火都熄灭了,他们才睡去。高文梦见了梅林的魔法椅子,还有刻在椅子四周的那句常常被人传诵的神秘话语:"要先放弃自己,才能找回自己。"

高文以为自己为了挽回亚瑟王的荣誉,失去了自由和爱情,实际上却找到了真正的幸福。

第二天早上,他带着自己美丽的新娘走进大厅。骑士和贵妇都交头接耳,估计自己昨天晚上是中了魔法,才会觉得高文和绿林的丑陋女人结婚了。但是渐渐地,他们知道了真相,对新人送上了最真诚、最热烈的祝福。

亚瑟王说:"我是不是说过,你得到的回报也许比你所证明的忠诚更加珍贵?"国王的脸色也转晴了,眼里闪动着快乐的笑意。高文思忖着,国王是否在冒险的最开始就知道真相,只是隐瞒了一部分,甚至都没对王后说过呢?毕竟国王有自己智慧的考量。

勇者之宴

第一部分

爱挑拨是非的布里克里欧坐在位于邓德拉姆的新城堡里，策划着阴谋诡计。在所有爱尔兰领主里，他是最能挑拨是非的，只要有他在就不可能太平；而且他看起来总是不高兴的样子，必须得看到别人吵架或者干脆自己也加入战斗才能打起精神来。

"我要邀请阿尔斯特的康纳王以及他的红枝勇士们来庆祝我的城堡建成。"布里克里欧想，"在宴席上，大家喝酒正酣之际，我要想办法激怒一些人，虽然可能很难做到。"

所以第二天布里克里欧就骑马去邀请康纳王了，不过国王和手

下的骑士提出,必须得在布里克里欧自己不出席宴会的情况下才会参加,这样一来就能避免布里克里欧挑拨是非了。

布里克里欧表现得很乐意,同意了不出席。因为他心里的邪恶计划已经拟定,不管他在不在场、出不出席都不影响计划实施。于是布里克里欧直接离开了康纳王的城堡。然后他去邀请楼盖尔,红枝勇士当中最勇猛无敌的骑士之一。布里克里欧先是恭维了楼盖尔一番,然后告知他,自己将在邓德拉姆举行宴会。"当然,还会有一份专为第一名准备的食物,"布里克里欧还说,"能够品尝这道佳肴的人,将被公认为爱尔兰第一勇士。"

"这道菜肯定是我的。"楼盖尔迫不及待地回答。

"您当然有这个资格。"布里克里欧说,"您能不能在宴会开始的时候,就让您的车夫宣布您是冠军?这是毫无疑义的事。"

布里克里欧离开了楼盖尔的领地,心里十分高兴,他接下来前往科纳尔的城堡。科纳尔和楼盖尔一样,都以勇武著称。布里克里欧对科纳尔说了同样的话。科纳尔立刻同意了布里克里欧的提议:"勇者才能享有的盛宴?你说真的?那肯定是属于常胜将军科纳尔的!"

"当然了,"布里克里欧说,"希望您能让您的车夫当着所有人的面宣布您是第一勇士。"

"不必担心。"科纳尔大笑道。布里克里欧暗地里也笑了,然后告别了科纳尔,离开了他的领地。最后,布里克里欧前往库胡林的领地,他是康纳王的外甥、众人口中的"阿尔斯特王国之盾",也是当世最勇猛的年轻人。人们说库胡林的武功战绩早已超越当世所有凡人,他是太阳神鲁格的儿子,他的母亲黛珂蒂娜是康纳王的妹妹。除了赫赫武功之外,库胡林还是阿尔斯特的勇士中最英俊的那个,他在爱情上也是天道的宠儿。库胡林向艾莫——佛格尔美丽的女儿求爱,虽然不乏辛苦,但最终赢得了她的芳心。佛格尔是一位德鲁伊长老,睿智无双、权力赫赫。当布里克里欧对这样一个非凡的勇士说到勇者之宴的时候,库胡林一下子就明白这是在对他的地位与名声发出挑

战，于是当即决定要当众捍卫这一荣誉。"我一定会赢，而且会打败所有想和我争的人。"库胡林在布里克里欧临走之前说。

几周之后，阿尔斯特的各位领主在康纳王的带领下，或是驾驶战车，或是骑马飞驰，极速前往邓德拉姆，去参加盛大的宴会。此时邓德拉姆正准备好美酒佳肴，等待来客。按照约定，布里克里欧在宴席开始之前就离开了宴会厅。他快走到门口的时候回过头，看着众人，大声说道："勇者之宴已备好，就让在场最勇猛的武士来享用吧！"

于是下一刻，楼盖尔、科纳尔、库胡林麾下的武士都站了起来，分别宣称自己的主君是最勇猛的武士。争端已起，各位领主都从座位上站起来了。康纳王还在为这突发的争端感到迷惑时，这些领主都拔出了剑。要不是康纳王回过神来命令他们停止争斗，用另一种方式解决争端的话，其中一个人就要受重伤了。

"康诺特国王艾利尔和王后梅芙是公认最精明睿智的人，"康纳王说，"把这场争端告诉他们，然后友好地享受这场宴会吧。"所有人都同意了国王的计划。

同时布里克里欧听了来报信的密探的消息，知道了刚才发生的事情，十分生气，觉得自己策划已久的阴谋根本没什么进展。布里克

勇者之宴

里欧从瞭望塔里看到诸位领主的妻子和侍女都在花园里散步，于是很快他又想到了一个计划。

布里克里欧飞奔下小塔楼，问候了楼盖尔的妻子费德米。"世界上最美丽的女士，"他说，"请问您愿意在所有人面前宣布自己是阿尔斯特最美的女人吗？"

"当然，我愿意。"费德米说。

"那么回到宴席上的时候，你就得比其他领主的妻子更快地到达宴会厅才行。"布里克里欧继续说。费德米对布里克里欧表示了感谢，决定在回程的时候要超过所有人。

然后布里克里欧找到兰达贝尔，她是科纳尔的妻子，然后是艾莫，库胡林的妻子，对她们说了同样的话。就这样，布里克里欧又准备了一场恶作剧，回到他的塔楼里，继续观察自己挑拨是非的结果。

席不暇暖，布里克里欧看到三位夫人立刻动身往宴会厅走，每一个身后都跟着五十个侍女。她们都看到了彼此眼中的焦躁，有一个人加快脚步，另外两个就迫不及待地赶上，最后三位夫人都开始奔跑起来。

侍女都跟着女主人一起跑起来了，一群女人就这样跑向宴会厅，跟刚才她们丈夫的争执如出一辙，像是暴动一样。艾莫跑得飞快,她是第一个到宴会厅大门的,却发现大门紧紧地关闭了。大门打开的时候,后面的一大群也赶上来了,三位竞争者基本上同时进入了大厅。然后三位女士向丈夫和国王说了这件事,最后也没决出谁才是第一。即使艾莫强烈抗议,说自己才是第一个到的。

就这样,丈夫的争执又加上妻子的争执。康纳王又一次感觉到要是任由争端发展下去,恐怕会出现流血事件,于是他建议请艾利尔和梅芙评选第一勇士的同时,也请他们决定谁才是第一美人。

幸运的是,没人拒绝这项提议。最后大家又恢复了友好的态度,王室血脉之间止息干戈,继续狂欢起来。

第二部分

布里克里欧举办的宴会持续了三天。宴会结束后,在康纳王的建议下,三位第一勇士头衔争夺者决定前往克鲁亨,那是艾利尔居住的地方。康纳王和阿尔斯特的其他领主也一同前往,大家都想知道谁才是第一。

众人快到艾利尔的城堡的时候,他们一行人怒火喷涌,马蹄声吓到了王后梅芙,她还以为是一支军队要来打仗了。后来,王后梅芙才知道原来阿尔斯特的众人是为了解决争端,而不是为了开战。她感

激地举办宴会招待宾客,甚至没有询问他们前来的原因。最后,是康纳王对艾利尔说明了情况,告诉他忽然来克鲁亨的缘由。

"我们来到此地,是为了寻求你的帮助,我麾下的领主互不服气,"康纳王说,"你得给这三位——我说的是三位角逐者——其中的一个'阿尔斯特第一勇士'的头衔,还得给他们的妻子'阿尔斯特第一美人'的头衔。"然后他讲述了在布里克里欧的宴会上发生的两次争端。

"我没法感谢你让我干这种得罪人的事,"艾利尔说,"如果决定了谁是第一勇士,另外两位失望的武士还不得朝我撒火?"

勇者之宴

"可是你是整个爱尔兰最有决断力的人。"康纳王回答。

"您得给我三天三夜的时间才行,"艾利尔国王说,"这样才能测试出谁才是最勇猛的武士,之后我才能决断。"

"你可以让这三人待在这里。"康纳王说,然后他和其他的领主就回到了阿尔斯特。

艾利尔前往城堡外的山上,那里住着一群神灵,一直以来保护着此方领地。艾利尔希望神灵能够帮他完成这项艰难的任务。"交给我们来办吧,"神灵呼喊道,"今晚你只要让这些人待在宴会厅里就好。"

艾利尔照办了。为了考验众位勇士,在宴会中间,三只可怕的巨猫忽然跳出来。巨猫发出的可怕的吼声,和世界上任何一种猛兽发出的吼声都不一样。三只怪物冲进房间,蓄势待发,分别扑咬三位勇士的喉咙。

楼盖尔和科纳尔都害怕地从自己的位子上跳起来,爬上了天花板的横梁,但是库胡林却拔出了剑,猛烈地攻击怪物。怪物号叫着溜走,之后跟同伴们一起整夜蹲伏在角落里,只要库胡林稍有疲惫或者放松心神、懈怠防御,就会随时扑过来反击。

到了早上,艾利尔进来了,这些怪物才消失。在那之前,艾利

尔已经了解了全部情况。"怎么样？库胡林就是第一勇士。"另外两个领主从房顶爬下来后，艾利尔笑着对他们说："不需要我判断了，你们自己就知道谁是最勇敢的。"

"不！"两个人耍赖说，"这些怪兽不是尘世的猛兽，我们不能假装和魔法对抗。"

第二天，艾利尔只好让这三位角逐者前往自己的养父埃尔克那里。埃尔克精通魔法，同时也勇猛无双。艾利尔请求埃尔克测试这三位的勇气。埃尔克首先派楼盖尔，然后是科纳尔，最后是库胡林前往女巫的村庄，每个人都经历苦战。楼盖尔打了一场彻底的败仗，盔甲和剑都被女巫夺走了，直到重伤濒死，满心恐惧才回来。科纳尔也是同样，但是他坚持了更长

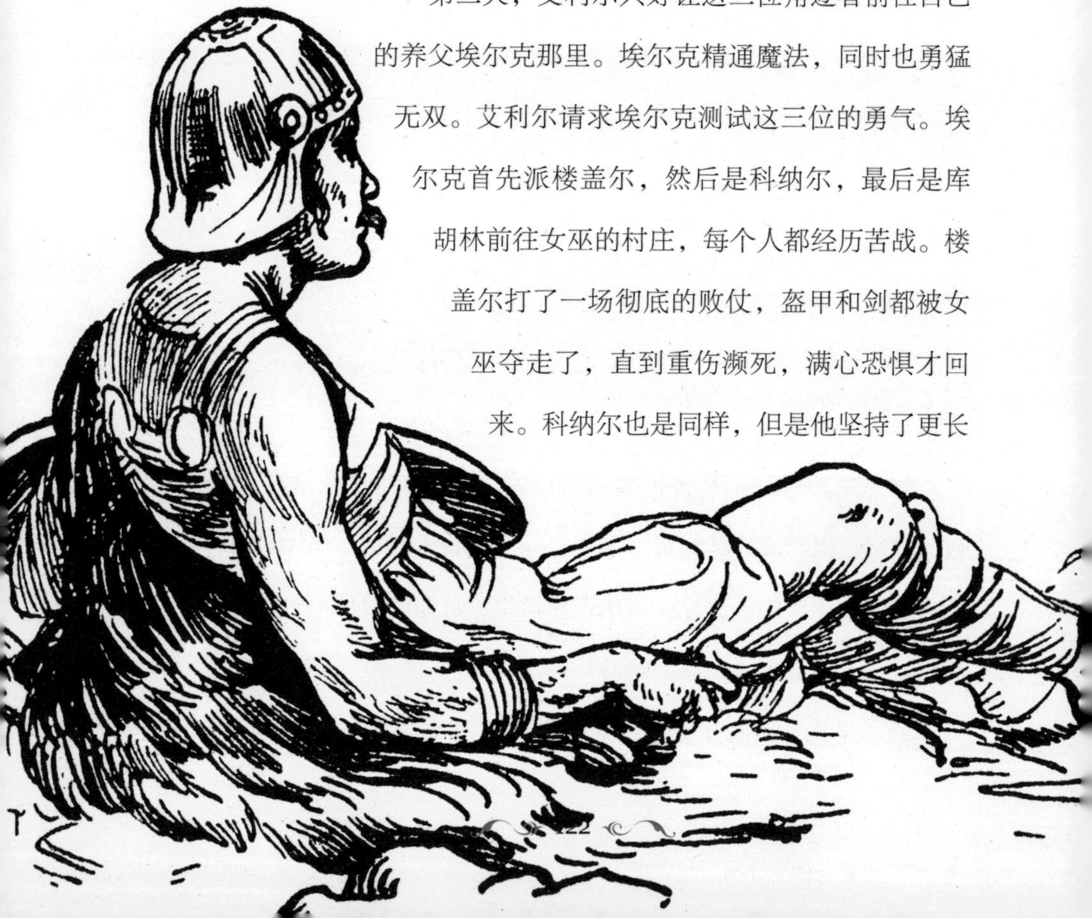

时间,他带回了剑,不过其他的东西都输给了对方。

库胡林一开始好像也是一样——女巫对他来说太过强大,库胡林本人也筋疲力尽了。眼看他的铠甲就要被撕个粉碎,这时候他耳边忽然响起了他的车夫的声音,嘲笑他战败的滑稽样子,挑衅他继续决战。于是库胡林跳起来更加凶猛地攻击可怕的敌人,女巫尖叫着跑了,留下了魔法斗篷,库胡林收缴了它。

可是楼盖尔和科纳尔又一次抗议,说这场战斗不公平,偏向库胡林。因为之前就说过了,这是魔法的战斗,不是靠武勇决战,所以库胡林才能打败两人。埃尔克十分生气,让他们和自己决斗,说:"我不会用魔法,虽然我精通魔法。"

两位老英雄很快就落入下风,但是库胡林五招之内就打败了埃尔克。实际上埃尔克在战斗开始之前就知道这个结果了。艾利尔和梅芙看到年轻的库胡林把年长的武士打败,他们都很迷惑,因为结果已经很明显,根本就不需要再做什么判断了。于是艾利尔和梅芙决定用计甩脱加诸两人身上的无聊任务。他们把楼盖尔叫到王宫的密室里,梅芙说:

"我们认为你就是第一勇士,楼盖尔,你的妻子是第一美人。"然后他们给了他一个铜杯,上面装饰着一只银质的鸟:"要是有人质疑你,这就是证据。再见,楼盖尔。"

勇者之宴

打发了楼盖尔之后,两人把科纳尔叫进来,梅芙说:"你好,科纳尔,请你拿着这个银杯,上面装饰着金鸟。这就是你作为第一勇士的证据,也是你妻子作为第一美人的证明。再见了。"

之后轮到了库胡林,两人对他说了一样的话,只不过给他的奖杯是一个金杯,上面装饰的鸟是用无价的宝石制成的。"你才是真正的第一勇士,"梅芙说,"你的妻子才是真正的第一美人。这就是你的奖杯,要是有人怀疑你就拿出来。再见。"

于是三位勇士都回到了康纳王的宫殿,受到了热烈的欢迎,大家都很好奇结果。但是,天哪!那天晚上,当勇士之宴上来的时候,三个人还是像以前一样争个不停,每一个都拿出艾利尔和梅芙发的奖杯作证。很明显,对比这三个奖杯来看,库胡林才是最受喜爱的,但是另外两个人都激烈地抗议库胡林的头衔,指责库胡林是通过贿赂才拿到了比另外两个人更好的奖杯。康纳王十分绝望,于是把三个人又打发出去,这次是去找库罗伊,明斯特远近闻名的巫师。这次三人都庄严保证一定会满足于得到的评价。

即使库罗伊的判断结果也是一样的,楼盖尔和科纳尔还是被库胡林打败。库胡林赢了所有的测试,可是另外两个顽固无赖的领主还是拒绝承认。

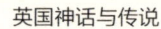

英国神话与传说

"我们知道库胡林肯定有超自然力量帮助,因为没有人类能够打赢这样恐怖的决斗。"两人如是说。库罗伊的妻子通过魔法了解每一场比赛的真相,她尽力说服两人,但也是徒劳。

"好吧!"她最后生气地说,"你们就回去阿尔斯特吧,带着你们不服输的小心思!不过之后库罗伊肯定会去拜访你们,让你们承认库胡林才是第一勇士!"

于是三位领主回到了康纳王宫,这第二次求助还是没能让所有人都满意。不过他们都同意要止息干戈,等待库罗伊的到来。康纳王十分高兴能够往后拖延一会儿,搁置这场争端。

第三部分

过了几个月,什么事也没发生。众位领主打猎、宴饮、争吵、玩耍、唱歌、跳舞、出去打仗,跟往常一样。虽然很多人都忘了这场争端,但是楼盖尔、科纳尔和库胡林可不会停止思考这件事。每天早上,黎明破晓,他们都想着库罗伊今晚能不能来解决争端,让他们日思夜想的问题得到解答。

有一天晚上,阿尔斯特的领主都聚集在一起,在宴会厅里举行

勇者之宴

特别的庆祝仪式。所有人都在,但是很奇怪的是,只有科纳尔和库胡林不在。这时候,门口忽然出现了一个可怕的身影。它有着人类的身体,但是身材是正常人身高的三倍。

这个怪人满面络腮胡,凶猛残忍,看起来更像是野兽,不像是人类。他的眼睛是黄色的,牙齿又长又尖。这个怪物一只手里抓着一柄巨大尖利的斧头,另一只手里拿着一棵倒拔出来的树。怪物将树举过头顶,仿佛撑着一把伞一样轻松。

怪物大踏步地走进宴会厅,领主们都吓得呆住了,一言不发,一动不动。怪物大吼:"我是陌生巨人尤它。"他在国王面前停住脚步,说道:"我来是为了找一个勇士,希望他能对我发一个誓并遵守承诺。"

"是什么誓言?"康纳王最后问道。国王比任何人都要镇定一些。

"是这样的,"尤它巨人声音极大,震得大厅颤动起来,"我将会把头俯到地板上,让任意一人用这柄利斧砍断我的脖子,但是他必须发誓,第二天我回来的时候,让我对他做同样的事。阿尔斯特的勇士们,你们谁愿意接受我的挑战?还是说传说中的红枝勇士根本没种,阿尔斯特全都是懦夫?康纳王不能接受这个挑战——因为我不会砍掉国王的脑袋。"

国王愤怒地说:"我们不是懦夫!尤它,阿尔斯特勇士如云,但是不可能有勇士接受这样的挑战。"

楼盖尔听到这番话,不甘愿让这场挑战就此罢休。他十分渴望夸奖和荣耀,而且很确信自己能够砍掉这个巨人的脑袋,于是也就不再担忧第二天的事情。他大胆地站起身,大声说道:"无礼的尤它,楼盖尔在此,我来挑战你!给我斧头,我拿到斧头,就绝对会遵守誓言。你要是能来拿,我的头就在这里。"

于是楼盖尔拿起斧头——在这之前尤它对斧头低声说了什么咒语——然后楼盖尔一击就砍掉了尤它的头。但是让他惊惧的是,巨人的身体站起来了,冷静地捡起头颅,从楼盖尔手中拿回武器,走出宴会厅,穿过大门,走进夜色中。

每个人都恐惧不已,最恐惧的就是想要得到第一勇士称号的楼盖尔了。他坐在座位上,食不下咽,不言不语,整个晚上都辗转反侧。

第二天晚上,领主们又一次聚在一起,心中激动不已,每个人都焦急地等待楼盖尔出现,毕竟他发誓自己会在这里等巨人来。可是过了很久,楼盖尔始终没有出现。这时宴会厅大门洞开,尤它巨人又走进来了,巨人的头还是牢牢长在脖子上。巨人怒视众人,然后发出

震天响的大笑:"太棒了!正如我所料,这个国家根本没种!阿尔斯特的第一勇士、所谓的英雄竟然不遵守诺言!"

而今晚是科纳尔在席位上,他听说了之前发生的事情,为自己朋友的命运十分着急。他不能忍受尤它的嘲笑,于是忍无可忍之下站起身,代替缺席的楼盖尔接受了巨人的挑战。科纳尔大喊:"给我你的斧头,我会让你的嘴再也发不出声音。"

"我准备好了,"尤它大吼,"但是你也得发誓。"

"你要是还能回来,我提着头在这里等你。"科纳尔回答。带着心中的愤怒,科纳尔拿起斧头,轻而易举地斩断了巨人的头颅。但是同样的事情发生了,科纳尔忽然泄气了,他看到无头巨人的身体消失在宴会厅的大门后,知道第二天晚上这个巨人就会回来拿走他的头。

库胡林知道前两个晚上发生的怪事之后,决定出席第三个晚上的宴会。一方面是看科纳尔是否信守承诺;另一方面,要是科纳尔像楼盖尔一样没出息的话,他就准备替代科纳尔接受挑战。科纳尔试图说服自己去面对残酷的命运,按照承诺坐在了桌前。但是过了一会儿,他还是找了个借口,站起身溜走了,再也没回来。

尤它出现的时候,他笑得更厉害了,不停地嘲讽挖苦,库胡林心中的愤怒再也遏制不住。最后巨人在嘲笑中提到了自己的名字。

"你们都是有名的勇士,"他说,"但是根本没有美德,都是吹牛。我敢保证年轻的库胡林也是同样,我听说过他很多次,他肯定和另外两个一样没种。"

"不!"库胡林站起来打断他,"库胡林会捍卫阿尔斯特王室的荣誉,不管付出什么代价。我在这儿!你这个可恶的巨人!我会接受你的挑战,我知道后果是什么,你明天来吧,你会发现我就在这里等你。"说完,库胡林从巨人手里抓过斧头,不等巨人低头,就跳了起来,这时候这位英雄周身仿佛在发光,肩膀往上好像都笼罩在光芒中。库胡林斧头一挥就斩断了尤它巨人的头。

与会的众位领主都惊叫出声,库胡林的武功和勇气都让人敬佩。但是最后欢呼声都消失了,因为很快,巨人的身体如同以往一样站起来。捡起头颅,离开了。

第二天晚上王室领主都感到悲伤又恐惧,聚集在康纳王的宴会厅中。国王看起来脸色苍白,身体无力。没有人开玩笑、打闹了。在宴会开始之前,库胡林就进来了,脸色悲伤,但是严肃坚定。他端坐在那里,所有的领主都知道他会镇定地等待巨人到来,迎接他注定的命运。

大家都开始吃喝宴饮。忽然重重的脚步声传来,过了一会儿,

勇者之宴

尤它巨人满面笑容地进入了宴会厅。

"库胡林在吗?"巨人大吼着,环视整个房间,脸上带着恐怖的微笑。

"我在这里,"年轻人回答,"我等着你来取走我的性命,我要证明我们族群的勇敢和荣誉。"

"啊哈!"尤它说,"看来阿尔斯特的勇士还没有绝迹!总算有一个人名副其实了。来吧,带走你勇武的奖赏。"

"的确如此,勇武的奖赏通常是死亡。"库胡林说。但是他还是来到巨人身边,头高高扬起,步伐坚定。

"跪下!"行刑者命令,"现在把你的脖子伸出来,省得我砍错地方。"

"那你就快点动手,"库胡林照做了,并说,"不要折磨我,给我个痛快。"

巨人高高地举起斧头,斧头砍断了房顶的橡梁。房顶震颤的声音好似雷霆,在座的领主都闭上眼睛,恐惧地低下头。

斧头带着恐怖的力道砍下来了,利刃破空,仿佛闪电劈下。当领主们睁开眼,原以为会看到一具无头的尸体躺在地板上,但现在却惊呆了!因为可怕的敌人并没有杀死被害者,跪着的库胡林毫发无

勇者之宴

伤，旁边站着巫师库罗伊，他穿着灰色的斗篷，拿着魔杖，带着喜爱和赞叹看着眼前的年轻人。

"起来吧，库胡林！"巫师的声音柔和得仿佛惊雷之后的春雨，"起来吧，阿尔斯特的第一勇士。虽然你还很年轻，但你真诚又勇敢。所有人在你的映照下都相形见绌。从现在开始，你在整个爱尔兰都是最英勇的武士，你的妻子也是世界上最美丽的人。任何人如果不满意这个结果，都该被诅咒。"

正说着，库罗伊把自己裹进斗篷，身体不断地变小，直到变成一团灰色的雾不断上升，穿过几分钟前斧头劈开的房顶。这团灰雾被风吹起来，轻柔地从阿尔斯特飘回了明斯特。

库胡林受到了热烈的赞叹，得到了至高的荣誉！康纳王宣布他才是第一勇士，大家庆祝了七天七夜，赞美这位年轻人的勇武。一直到我们这个年代，库胡林的名字和他的武勇品德还流传在数百本童话中。所有的传说故事都证明，库胡林值得第一勇士的头衔，那是他历尽艰辛之后应得的荣誉。

塔利埃辛

第一部分　塔利埃辛获得智慧

在亚瑟王与圆桌骑士的那个年代，有一个女巫叫卡丽德温，非常不幸的是她有一个丑儿子，可以说是全威尔士最丑的小孩了。起初，卡丽德温十分苦恼，因为她担心儿子太丑，没法成为圆桌骑士。但是过了一段时间，她想到了一个主意，因此心情畅快不少。只要她能赋予儿子无与伦比的智慧，那么儿子就能凭借聪明头脑成为亚瑟王麾下的骑士。

卡丽德温开始研究魔法书，很快就从书里发现，要想让儿子的头脑聪慧起来，就得熬煮一锅知识魔药给他喝。按照书中的指示，这

塔利埃辛

锅魔药需要不间断地熬上一年零一天，在最后才会产出三滴智慧药水。药水十分珍贵，只要喝下魔药，就能成为世界上最具智慧的人！

于是卡丽德温采集了许多魔力药草，把它们扔到魔药锅里。不过现在有件事比较难办了。卡丽德温自己是不可能一直在魔药锅边上等一年零一天那么久的，但是她又担心托付给别人会泄密，她怕这个人会监守自盗。可是，卡丽德温必须得找到一个合适的人来看守魔药。经过慎重考虑，她找了一个名叫莫达的盲眼老头，让他来看着药锅。卡丽德温想："这个老头又看不见，他不会东问西问的。"卡丽

塔利埃辛

德温告诉莫达,他得在大锅旁边待着,如果这锅药能熬好,那么就能救治许多种疾病。她还承诺说,只要莫达能尽忠职守,最后会有丰厚报偿。

莫达同意了,他在锅下面点起了大火,几个小时之后,一切都很顺利。但是卡丽德温第二天早上带着更多药草来看的时候,发现老头很不满意自己这份工作。

"亲爱的女主人,"他抱怨说,"你让我做的事太烦琐了。"

"你什么意思?"卡丽德温警惕地问,"我不过就是让你看着锅,让它别熄火罢了。难道你做不到吗,老头?这很容易啊。"

"天哪!女主人,你忘了吗?这锅药得搅拌啊,不然会熬干的。"莫达回答。

"你傻啊?"卡丽德温说,"那你就搅拌呗!"可是莫达摇摇头。

"不行,我得随时添柴,不让火熄灭。我怎么可能既搅拌药草,同时又添加柴火呢?你得再找一个人帮我,不然这锅药就熬坏了。"

"那可不行!"卡丽德温祈求,"善良的莫达,我恳求你,一定要仔细一点儿,要是中间熄火一会儿,药效就没了!"

"那我就得有个帮手!"老头又一次要求说。

于是卡丽德温就想,找谁帮忙搅拌药草呢?巧的是,正好有个

小男孩唱着甜美的歌路过。

"你等一下，小孩，"卡丽德温很喜欢这个小男孩甜美的脸蛋和鲜活灵动的表情，她问，"你叫什么名字啊？你从哪里来？"

"我叫塔利埃辛，我家在很远的地方。"他回答说。

"真是人如其名，"女巫说，"塔利埃辛的意思是'漂亮的眉毛'，你的确长得可爱。"

塔利埃辛笑了，然后好奇地看了看身边的东西。

"这个大锅里煮的是什么啊，女士？"他问。

"是一锅需要不断搅拌的液体，"女巫回答，"小可爱，你怎么看？你愿不愿意帮我搅拌它？我会给你很丰厚的奖励。"

塔利埃辛觉得搅拌大锅是件好玩的事，于是答应卡丽德温，他会完成任务，哪怕要花费一年零一天的时间。虽然他年纪很小，但是卡丽德温觉得这个男孩可以信任。于是，在请求男孩看顾好这锅珍贵的药草之后，卡丽德温就带着轻松的心情离开了。

每天她都回到这个地方，看看大锅，添点儿药草，每次来都没发现什么岔子——莫达和塔利埃辛各司其职，火焰熊熊，草药也搅拌得很均匀。

然而，她精心酿造的计划最终还是失败了！有一天早上，这一

塔利埃辛

年零一天的约定马上就要到时间了,恰巧塔利埃辛挨着大锅的时候,三滴智慧魔药飞了出来,直接落在了小男孩右手的食指上。药水太烫了,塔利埃辛把手指放进嘴里抿住,想要缓解疼痛。忽然之间,仿佛世界在他面前揭开了面纱一般——塔利埃辛看到、懂得了一切,他知道了迄今为止世界在他面前隐藏的许多秘密,从此以后他具有了无穷无尽的智慧,因为他不经意间尝到了这锅知识魔药的精华。

可是塔利埃辛有大麻烦了,因为他刚刚看到的一切都让他意识到,一旦卡丽德温发现魔力药水不见了,她一定会暴怒不已。塔利埃辛想:"我得赶紧逃走。"于是他没有犹豫,飞快地从大药锅处逃走了。而因为没人搅拌药液,大锅一声巨响,裂成了碎片,里面飞溅出滚烫的液体,带有剧毒,对周围的村庄造成了恶劣的影响。卡丽德温听见了这声巨响,飞快赶到大锅煮药的地方,看到事故现场,愤怒地尖叫出声。她抓起一根木棍,开始抽打可怜的莫达,老头哀嚎:"你为什么要责罚我?我是无辜的。"

"你是对的,"卡丽德温冷静下来,"塔利埃辛才是抢走魔药的人。"

说完,卡丽德温用尽力气飞快地跑起来,追着塔利埃辛的方向去了。过了一会儿,男孩回头一看,发现卡丽德温就要抓住他了,没时间犹豫了。恰好男孩发现自己在尝到了魔法药水之后获得了许多神

奇的能力，于是他把自己变成一只野兔，然后用不可思议的速度逃走了。

卡丽德温发现塔利埃辛变身了，决意一定不能放他逃走，于是变成了一条灰犬，飞速追击野兔。两人一追一逃，翻山越谷，塔利埃辛到了一条小河边，卡丽德温已经近在咫尺了。于是塔利埃辛跳进水里，把自己变成了一条鱼。可是很快敌人就变成了一只水獭，在水里追逐他。水里不再安全，塔利埃辛只好变成鸟飞入高空。但是卡丽德温毫不气馁，变成了一只老鹰，又一次追击她的猎物。

塔利埃辛渐渐体力不支，他担心变身的技能快要维持不住了。可是卡丽德温变的老鹰越来越近，利爪马上就要抓住他了。于是塔利埃辛冲进谷仓，看到已经筛好的麦子摆在地上，他变成了一颗小小的谷粒。他想："我现在终于安全了。"可是卡丽德温也出现在谷仓里，变成了一只黑色母鸡，在谷粒之间抓来抓去，找到了可怜的塔利埃辛。

卡丽德温发出胜利的"咯咯"叫声，就要吞掉塔利埃辛。男孩用最后的力气一变，恢复原本的样子，站在卡丽德温面前。

卡丽德温虽然是个巫师，但心中还是有一丝善念。塔利埃辛如此年轻又无辜，卡丽德温觉得直接把男孩杀掉实在有点丧良心。"可

塔利埃辛

恶的臭小孩！"她恢复形貌，大喊，"你到底干了什么？我所有的努力都白费了！"

"确实，"塔利埃辛说，"可是，这真的不是我的错。"但是卡丽德温发誓要惩罚男孩，因为他坏了她的事。

"别让我再看到你！"她尖叫着说，然后在谷仓的地板上找到一个大皮袋，把男孩扔进去，背着大袋子大踏步走了出去。

走了一会儿，卡丽德温看到远处有一片海，于是她咕哝着发誓要报复塔利埃辛之类的话，走到悬崖的边缘，用尽全身力气把皮袋扔了出去。海浪很快就卷走了袋子。

卡丽德温回到了家里，开始熬另一锅魔药。有人说这次她成功了，她儿子最后成了亚瑟王的骑士，也有人说她不可能熬出第二锅智慧魔药了。我们不确定到底哪一种说法才是真的。

第二部分　塔利埃辛帮助朋友

与此同时，塔利埃辛怎么样了呢？

卡丽德温把塔利埃辛扔进海里的时候正好是四月的第二十九天。海浪卷着皮袋到处翻涌，过了好几个小时，然后袋子漂向了一个有鱼梁的岸边，那里有很多鲑鱼跳出水面。这道鱼梁是一个叫作格威

德诺的男人设置的，他的儿子叫艾尔芬。虽然艾尔芬是个很棒的小伙子，但是运气却很糟糕，不管做什么都会失败。格威德诺希望能够给儿子点礼物，让他能够振作起来面对这个世界，于是就允许儿子带着渔网，在五朔节①的前夕来到这道鱼梁处捕捞。往年在这个日子，都会有很多鲑鱼入网。艾尔芬不耐烦地等着鱼入网，但是时间过去了很久，他拉起渔网，发现网里一条鱼也没有，只有一个皮袋子。

"哎，可怜的艾尔芬！"一个旁观的渔民说，"你又遭难了。每年五朔节前都能从这道鱼梁处捞上来价值一百磅的鱼呢！"

"谁知道皮袋里面有什么呢？"艾尔芬带着希望，使劲打开了绳结，说，"也许袋子里的东西也价值一百磅呢？"

可是袋子里既没有金子也没有珠宝，袋子打开之后，只有一个小男孩笑嘻嘻地看着他。

"天哪！"艾尔芬大喊，一度忘记了自己的失望之情，"你是谁？为什么你会在这个皮袋子里面？"

塔利埃辛没有回答，只是投之以信任的微笑。

---

① 英国传统的节日，在每年5月1日举行，以祭祀树神、谷物神，庆祝农业收获及春天的来临。

"说好的会有价值一百磅的宝贝呢?"渔民讽刺地说,"你的坏运气把这道鱼梁都污染了。要是鲑鱼都不跳进我们的渔网可怎么办?"

"我难道能控制已经发生的事情吗?"艾尔芬叹了口气,说,"来吧,小家伙,我不能把你扔在这里。我要带你回我父亲家里,我们会好好照顾你的。"

艾尔芬把塔利埃辛放到马上,因为马上坐着一个小孩,所以他控马的力道很轻,慢慢地往家里走去。

可怜的艾尔芬啊!这一路上他的心情多么沉重!他自言自语:"谁能想到那道鱼梁在今年的五朔节却颗粒无收呢?世界上还有像我这样不幸的年轻人吗?"

这时,一个小小的声音唱道:

"英俊的艾尔芬,请不要悲叹!

每个人都不应对自己不满,

绝望并没有什么好处,

没人知道命运背后还有什么在支撑着。"

艾尔芬转过头惊讶地看着小男孩。

"你是凡人还是精灵?"他问,"为什么你这么小,却能唱出如此优美的歌谣?"塔利埃辛仍旧以歌声回答,告诉艾尔芬他的名字,还

塔利埃辛

有卡丽德温的暴怒带给他的不幸。

"我弱小又可怜,

在海岸的浪花里随波逐流,

你在我落难时救了我,

我要回报你,

比三百条鲑鱼还多。"

塔利埃辛这样唱道。

"你能为我做什么呢,小不点儿?"艾尔芬疑惑地问。塔利埃辛回答说他可以给艾尔芬作诗唱歌。年轻人大笑着说:"只有国王才会养歌者呢,孩子,像我这样不幸的年轻人没办法养你。"

但是塔利埃辛还是继续唱歌,他的歌谣大大宽慰了艾尔芬的心。他专注地听着男孩的歌唱,直到走到了父亲格威德诺的家里。

格威德诺出来接儿子回家,问他今天有没有从鱼梁那里捞到鱼。

"没有哦,我一条鱼也没捕捞到,父亲,"艾尔芬高兴地回答,"但是我找到了比鲑鱼更好的。看,我有一个歌者了!"说着,艾尔芬把小朋友从马上抱下来。

"什么?你这个蠢蛋,歌者有什么用?"格威德诺大叫,"你怕是失了理智吧?"

"一位诗人歌者的用处比鱼梁多得多。"塔利埃辛说。

"你还会说话呢?"格威德诺看着小男孩,惊讶地说。

"我的回答可比你的提问要精彩得多。"塔利埃辛说,接着开始唱歌。他的歌声太过优美,格威德诺也被歌声迷住了。他不得不承认,像小男孩这样的歌者的确比一大堆鲑鱼的价值大得多。

塔利埃辛在格威德诺家里住了下来。父子俩照顾得尽心尽力,对于艾尔芬来说厄运似乎已然远去。一天天过去了,一切都很顺利。

塔利埃辛来到这里几个月之后,碰巧这片大陆的国王梅奥根在城堡里举办圣诞节宴会,艾尔芬也被邀请参加。这个年轻小伙子高兴极了,之前他可没有这样的好运气,临走前他跟塔利埃辛说:"我的小诗人,多亏你在,才让坏运气远离我。"

"也许吧,"男孩回答说,"但是小心点啊,艾尔芬,可千万别冒犯到国王。"

年轻人保证他决不会冒犯国王,然后就高高兴兴出发了。艾尔芬骑着马很快就到了梅奥根国王的城堡,他参加了国王的宴会,那里坐着很多贵族和乡绅。依照当时的习俗,在宴会结束之际,国王的歌者会用技巧娴熟的诗篇赞颂国王的伟业,他们都是学识渊博之人。梅

奥根十分骄傲于自己的歌者，对宾客说："朋友们，你们是否同意，我的这群歌者是最出色的？"

艾尔芬在诗人唱歌的时候一直想着塔利埃辛，于是激动地站起来，没想后果就脱口而出："说实话，本来只有国王才能和国王竞争，但是我得说我家里的小诗人比刚才那些人唱得好多了。"

梅奥根国王听到这番话十分恼怒。"是谁敢说这样的话？"他质问道。当国王发现原来是艾尔芬说的之后，他就让仆人把这个年轻人关进了城堡的监狱里。

"这样一来，就能治好这个年轻人的吹牛病。"愤怒的国王说。

可怜的艾尔芬被关起来了，脚上戴着沉重的镣铐。听到监狱长把大门"砰"地一关，他十分懊恼自己鲁莽的言辞。他痛苦地自言自语："要是塔利埃辛在就好了，他一定能安慰我。"

艾尔芬没有按照约定时间回到家里。塔利埃辛凭借超群的智慧，猜出了朋友遭遇的厄运。

格威德诺痛苦地哀叹儿子的悲惨命运，但塔利埃辛让格威德诺不要灰心，向他保证自己一定会很快把艾尔芬救出来。

于是塔利埃辛来到国王的城堡。他到那里的时候，国王的歌者们正打算聚在一起歌唱国王的功绩呢。塔利埃辛溜到大厅的一个角落

里，等待四十二个歌者路过。他们一个接一个地经过塔利埃辛所在的角落。此时塔利埃辛翕动嘴唇，发出一声滑稽的噪音。诗人们听到了，但是没注意他，根本没想到这噪音其实是一句咒语。于是当国王的歌者们想要歌唱的时候，他们却惊恐地发现自己唱不出来了，只能翕动嘴唇发出一阵噪声，和塔利埃辛刚才发出的一样。

他们十分羞愧，国王愤怒地大喊："你们难道都喝醉了吗，用这副面貌来觐见我？"

"不是的，尊敬的陛下，"诗人们齐声说，"我们没喝酒。"

他们又准备唱歌，但是还是只能发出难听的噪音。歌者的领队大喊，他们肯定是被诅咒了，因为他们路过角落里的一个小男孩的时候，男孩对他们做了奇怪的事情。

"把那个小孩带过来。"国王命令道。于是塔利埃辛从角落里被带到了桌子前。国王问他是谁，男孩说他叫塔利埃辛，是艾尔芬的小诗人。

"啊，你就是那个有名的小诗人？"国王不屑地说，"你，一个小屁孩，敢和我手下这群大诗人比？你唱吧，我看看你有几斤几两。"

塔利埃辛没有犹豫，立刻开嗓，他唱得太优美了，国王和贵族们都惊讶万分。

但是梅奥根国王还是不愿意承认塔利埃辛是最棒的歌者，于是

塔利埃辛

他命令手下的歌者继续唱,但是歌者们还是什么也唱不出来。这时候塔利埃辛承认是他下了咒,只要能把艾尔芬放出来,他就解开咒语。

"我永远也不会释放艾尔芬。"国王愤怒地说。

"行吧!"塔利埃辛说,"那你得小心,我要报复你了。"大家还来不及阻止他,小男孩就蹿到了城堡的大门口,在那里停住了,开始对着风唱歌,请求狂风大作。那些竖起耳朵的人都听到了一阵微风吹拂的声音,之后风声越来越大,城堡的地基都被撼动了。梅奥根国王和贵族都害怕城堡会倒塌,砸到自己的脑袋。

"这是那个会魔法的小孩干的,"国王大叫,"快把艾尔芬放出来,不然我们就要完了!"于是艾尔芬被带进了宴会厅,脚上还是戴着沉重的镣铐。风立刻停了,夜晚重归安宁静谧。塔利埃辛用悦耳的歌声问候了艾尔芬。让大家惊讶的是,随着塔利埃辛的歌声,艾尔芬脚上的镣铐自己解开了。

国王的诗人们身上的咒语也解开了,艾尔芬和塔利埃辛被允许离开城堡回家。国王和蔼地说:"艾尔芬,你说的都是真的,塔利埃辛的确是最棒的小诗人。"

两个小伙伴快乐地回到家里,艾尔芬对塔利埃辛感激不尽。塔利埃辛回答说:"我还能再为你做一件事。"

"是什么?"艾尔芬问。

"注意回家的路上,你的马将会在一个地方趔趄一下,"男孩回答说,"把你的帽子扔到那里。"

塔利埃辛还没说完,艾尔芬的马就崴了一下。于是艾尔芬按照男孩说的做了标记。

"明天你就来这里挖开土地。"塔利埃辛说。然后不管艾尔芬怎么问他这件奇怪事情的含义,塔利埃辛都不回答。

第二天他们来到用帽子标记的地点。艾尔芬开始挖土,还没挖很深,他就碰到了很硬的东西。出乎艾尔芬的意料,他发现了一罐金子。

"这是你把我从海里救上来,还一直照顾我到现在的报酬。"塔利埃辛说。

这罐金子足够艾尔芬在之后的人生中富裕起来,那之后他就过上了幸福的生活,再也没有遭遇厄运了。而塔利埃辛则一直是最知名的诗人歌者,被几代人誉为"诗歌之王"。

信　物

在很久很久以前,欧洲大陆上英雄辈出。在教皇的召唤下,勇士们争夺圣地。在苏格兰格伦诺奇有一位首领,英勇非凡,他名叫科林·坎贝尔。他肤色黝黑、脾气暴烈,因此得了一个绰号,叫"黑科林"。他的城堡没有修建在大陆上,而是修在奥湖中央的一个小岛上。奥湖风景如画,坐落在峡谷中,湍急的奥奇河水流淌过这片峡谷。黑科林有一位崇拜、爱戴他的妻子,年轻貌美,还有一群誓死追随他的手下和广袤的、繁荣富饶的领土。他本该和国王一样快乐,但是他无法忍受太过安逸的生活。他渴望战斗,没法休息太久,非得经历危机四伏的冒险来展现自己的勇猛气概才行。

有一天,一位教廷使者来到了格伦诺奇。他是教皇派来的使

者，宣召所有领主出兵，从邪恶的敌人手中夺回圣城。使者告诉大家，敌人毁坏圣地，污染圣坛，嘲讽基督，杀死教士和朝圣者。这些教士和朝圣者本来是为了拯救灵魂才前往圣地的。

黑科林一听到使者的话就庄严地举起短剑，立下誓言。他要迅速加入下一批十字军队伍中，在教皇的祝福下，夺回圣城。有仗可打让这位领主高兴极了；他焦躁不安的心情平复了，马上就提起了征战沙场的热情与劲头。不过他曾经的忧郁心情如今似乎转移到了

信 物

年轻的妻子身上。

"天啊!科林,"妻子说,"离开我去打仗,你还这么开心,真是太残忍了!"

"我不是因为要离开你才开心的,而是想到要去打圣战就激动不已。"领主回答,"我万分爱你,可是我总不能每天看着你做女红,却让自己的剑生锈吧?"

"那你不在我身边,我做点什么呢?"妻子说,"我得守多久的活寡啊?"

"你可以统领我领地内的臣民。你不会守活寡的,我亲爱的妻子,因为我的心始终和你在一起,哪怕我的身体必须去圣地作战。"领主又激动地说,"等我七年,如果我回不来,你就再选一个丈夫守护你,还有格伦诺奇。你要记得那时候我已经获得灵魂的安息,将我的生命奉献给伟大的事业,在天堂中安居了!"

听到这样的话,可怜的妻子哭了出来,双臂搂住领主的脖子,说道:"不要说什么让我再婚的话了!可是你一定要走七年那么久吗?能不能给我寄来信物,让我在孤独的日子里,能够知道你的消息?"

"振作些,"科林回答说,"不到一年,教皇就会发出敕令。信物

的话，我有一枚金戒指，一半刻着你的名字，另一半刻着我的名字。把这个戒指掰断，我们一人一半。我发誓，如果我战死沙场，会命人将半枚戒指送还给你，哪怕信使死了，灵魂也会将戒指送给你。"

丈夫发了重誓，妻子也只好表现得心满意足。不到一周的时间，科林就出发了，带着一小批忠诚的追随者，留下悲痛的臣民和孤独的妻子走了。妻子藏起心中的悲伤，把半枚金戒指用金项链串起来戴在脖子上，向所有圣灵发誓她决不二嫁。随后，妻子将心神投注到眼前的责任上，接管领主科林留下的事务。

黑科林还没走多远，周围满怀妒意的领主就把心思打到了格伦诺奇丰饶秀美的山川上，想知道领主的妻子是否如传言中说的那样对远行的丈夫保持忠诚。

"科林再也回不来了，"这些人想，"他太爱冒险了，打起来不要命，很难从圣战战场上生还了。"于是这些人就去拜访领主的妻子，送她礼物，邀请她参加宴会，让她知道自己求婚的意图。每个人都想在风度上击败对手。但是奥湖领主的妻子对这些人的装腔作势十分鄙夷，所以当这些人图穷匕见、公开求婚的时候，她答复说自己还不是寡妇，而且希望自己不会成为寡妇。

渐渐地，这些领主也知道自己的想法是徒劳的，因此就罢手

信 物

了。只有一个人,麦克康科戴尔男爵还坚持着。因为男爵的领土毗邻格伦诺奇,他最想要实现的梦想就是把格伦诺奇这块富饶的土地纳入自己的领土。另外,科林领主的妻子理财能力十分不错,科林走后她也一定存储了不少钱财,男爵认为科林的妻子就是自己理想中的妻子。男爵十分坚决地追求领主妻子,让她烦不胜烦。但是领主妻子并不敢真的冒犯到他,或者太敷衍他,以免挑起争端,最后让这个男爵有借口用武力实现愿望。

七年之期快到了，但是却没有消息从国外传回来。男爵的野心愈发遏制不住，可怜的领主妻子虽然不相信科林已经阵亡，每天都希望有消息传回来，但是她也开始真切地感到害怕了：自己可能不得不结第二次婚，哪怕她再厌恶也逃不掉了。

有一天男爵带着随从浩浩荡荡地来找领主妻子，要求和这位女士单独谈话。

领主妻子刚出来接待他，他就说："美人儿，正好是七年前的这一天，科林·坎贝尔出发去打圣战了。你之前跟我说了很多次，在这一天到来之前你不能答应我的追求，而今天我终于可以得到你的回答了。如果还假装科林或者他的随从活着，那就太愚蠢了。我们都听说过，每年都会有几千个英勇的骑士死在和敌人的战斗中，或者困死在沙漠荒野之中。你很清楚，你的臣民都开始嘀咕为什么领主还没回来，而且对要听命于一个女人这件事日渐不满。要是有哪位敌人发动攻击，你就会变成被掠夺的猎物，而且我已经听到谣言说有人在计划着进攻了。因为这些缘故，尊敬的女士，你得马上和我订婚才行。我耐心地等了这么多年，现在我得拿回回报了。"

可怜的女人不知道怎么回答。她知道男爵言语之下的威胁之意，也知道他说的都是真的。她统治下的臣民日渐躁动，很少有人

信 物

相信科林还活着了。所以,她犹豫了一会儿,优雅而谨慎地回答说:"男爵阁下,你所说的都是睿智之言、中正之语,但是我知道你是看重誓言胜过生命的人。我还没告诉你我和科林领主在他离开前达成的另一项协议。他拿走了一枚信物,向天发誓说如果阵亡,就会让人给我送来这枚信物。何不再等上几个月呢?要是科林真的阵亡了,他一定会信守诺言派人送信物回来的。"

"信物是什么?"男爵急切地问。

"那是个秘密,我不会告诉任何人。"领主妻子冷淡地说。于是这位失望的追求者因为面子,不得不同意再等上一阵子,快快不乐地骑着马带着随从回去了,就像他之前多次被拒绝的时候一样。但是这一次,男爵已经不耐烦了,他内心的贪婪让他想出了一条毒计,他觉得这样做肯定能达到目的。

他暗中派人找到一位不太看重信仰的教廷使者,愿意为了钱走一趟苏格兰,带来一份男爵亲手伪造的文件。当然,这份公文包含黑科林阵亡的记录,并附上一些借口,证明珍贵的信物已然丢失了。

金钱和诡计双管齐下,最终男爵得偿所愿。有一天领主的妻子看到自己的敌人——她已然把男爵看成是敌人了——又一次来到她的城堡,这一次没带随从,而是带着一个风尘仆仆的教士,袍子上挂满

信 物

了来自各大圣地的遗物。领主的妻子马上就猜到使者带回了科林在国外的消息。她飞奔过去迎接这对访客，却看到两人脸上都是异常严肃的表情，她心中忧虑丛生。

"哎！尊敬的女士，"寒暄之后，教士从包里拿出公函说，"我得跟您说一个坏消息了。我这里有一份文件，里面讲述了科林领主英勇的事迹和令人惋惜的命运。"

领主妻子双手颤抖接过公函，内容写在羊皮纸上，在三处盖了章。她回到自己的房间读这封信的时候，心里却不完全是悲痛和绝望。据文件说这是教士从黑科林军队的最后一个幸存者口中得知的消息。这位幸存者受到了修道院教士们的精心照顾，但还是因病去世了。文件中说领主和手下遇到了两倍于己方的敌人，因此都阵亡了。只有一位幸存者在领主快要阵亡的时候前去救援，但是最终却只能听到他临死前的讯息。

"领主花了很大力气，"故事继续道，"气喘吁吁地说：'马上赶回格伦诺奇，告诉我的妻子，我已经阵亡了，让她再找一个丈夫，照顾好她，拿着这枚信物……'但是他还没说完这句话，另一队骑兵就赶到了，我只好躲进一个坑里掩藏自己。等我再钻出来的时候，领主已经去世了——他的甲胄和衣服都被劫掠一空。我在那里找啊找啊，想

要找到什么首饰信物之类的，但是什么都没找到。"

"这话可能是真的，也可能是假的，"读完这段话，领主的妻子想，"除非能拿到这枚信物，否则我决不相信科林阵亡了。而且太奇怪了，科林怎么会啰唆那么多话，最后也没说出下文。更奇怪的是，一位身强体壮、能够从一场战役中活下来的苏格兰勇士，怎么会病死？"

不过，领主妻子留了心眼，没有对教士和男爵说出自己的疑惑，而是给了前者丰厚的报偿，然后留下了这封公文，把教士送走。她穿上丧服，表现得好像已经相信了领主阵亡的事。不用说，男爵又一次发起求婚攻势，态度十分坚决。为了避免马上就结婚，或者撕破脸闹不和，领主妻子只好想办法拖延。

"我很想毫不拖延，马上和您结婚，"她说，"但是我必须得为亡故的丈夫服满丧期，然后才能嫁给您。这段时间我会关闭城堡，独自悼念丈夫。等这些都结束，我就嫁给您。"

这听起来是个很合理的要求。男爵虽然很恼火，也只好答应了。

"我会在峡谷的那头修建一座恢宏壮丽的白色城堡，"领主妻子说，"能够让我俯瞰奥湖的风景，以及整个格伦诺奇。在顶上的小楼里，我能够在我的朋友或者敌人抵达大门之前就发现他们。"

这座城堡修建得十分缓慢，因为领主的妻子秘密地命令工人尽最大限度拖延工期，甚至在没人观察的时候把墙推倒重建。但是到了最后，城堡还是建成了。这下子再也没有拖延的理由了，只好开始筹备婚礼，这位奥湖领主的妻子不得不嫁给一个自己完全不爱也不尊重的男人。

不过她不知道的是，援手马上就来了。她身边有人也拒绝相信领主已经死亡了。有个女人和领主的妻子一样爱领主，她也极力拖延城堡建成的日期，延后婚礼的日子。她就是黑科林的养母，帕特森夫人。她把科林从婴儿抚养长大，爱他如同爱自己的儿子。她知道男爵和领主妻子之间的交锋，几个月之前就派自己的儿子打听这位教士说的到底是不是真的，尽力搜集信息，打探科林是生是死。

幸运的是，科林领主虽然在荒野里忘记了时间，在圣战中舍生忘死，最后他还是记起了自己和妻子的誓言，惊恐地意识到七年之期早就过去了。他在回苏格兰的路上，遇见了帕特森夫人派来的使者。他听说男爵的诡计，以及男爵对妻子的逼迫，还有妻子尽力拖延、不想再婚的事情，内心十分懊悔自己的粗心大意，而且对男爵的强人所难感到十分愤怒。他快马加鞭赶回苏格兰，抵达格伦诺奇的日子正好是婚礼的前夕。他在养兄弟的陪伴下穿过奥湖，在上岛之前，他先去了帕特森家的农场，向养母表达衷心的感谢，感激她迅捷的行动，挽

信 物

救了妻子,不让她陷入不体面的婚姻;也挽救了他,让他不至于回家之后陷入耻辱的境地。

帕特森夫人认出并拥抱她的养子的时候,内心的喜悦无法描述。她一开始甚至没认出他,因为领主满面尘土,衣衫褴褛,胡子邋遢,脸上还有伤疤。

"要是看到你变成了这副样子,你妻子的爱会消失的。"夫人笑着说,这时她刚从震惊中平复下来。"你得穿上最好看的衣服,小伙子,然后再去见你的新娘。别生气,到明天中午之前,她还是安全的,"看到养子一听到这桩婚事就愤怒的样子,她接着说,"听我的建议,今晚和我们待在一起,休息一下,吃点好吃的,打理好自己,然后带着最好的状态,去告诉你的妻子和男爵你回来了。"

"告诉我真相吧,妈妈!"科林说,"她是真的不在乎那个男爵吗?她拖延婚礼真的是不情愿的吗?我得确信这一点才行。"

"那么,"夫人回答,"你可以自己测试妻子的忠诚。明天你去城堡的厨房门口要一碗葡萄酒喝,古老的习俗规定,这碗酒得由新娘亲手端过来。你穿上乞丐的衣服,留着你的大胡子别打理,没人会怀疑你的。新娘端酒来的时候,你把信物掉出来。这样一来,她看到信物的时候,你就能通过她的表情知道她的真心了。"

对于黑科林来说，这似乎是个好主意。所以第二天他按照夫人说的，混在领救济品的乞丐队伍里，坚决要求新娘拿一杯酒给他喝。

"拿着牛奶和燕麦饼，然后滚蛋！"其中一个仆人说，"今天已经施舍得够多了，没别的给你们这群游手好闲的家伙。"但是科林拒绝走开，重复了自己的要求。

"这个家伙不想要牛奶，想要烈一点儿的。"另一个仆人说着，给他倒了一碗啤酒。科林喝了，但把酒碗还回去，说自己现在已经准备好接受新娘端过来的酒了。最后，他大吵大闹起来，有人跑过去告诉了新娘这件事。

"我会去的，"她叹息着说，"古老的习俗不该被人鄙夷。旧习俗比新的好太多。"然后她拿起一个大瓷碗，装满了红酒，来到了厨房门口。科林像之前喝掉牛奶和啤酒那样喝干了红酒，不过在还回酒碗的时候，他在碗里放了半枚金戒指。

领主的妻子看到了这枚意义非凡的信物，她想到，这确确实实证明了科林的死讯。她面色忽然苍白起来，比樱桃树上的花朵还要白，双手颤抖着，酒碗掉在地上摔成了碎片。但她还是鼓起勇气看着这个陌生人，问："科林死了吗？"她的嘴唇刚问出这个问题，眼睛就发现了答案。虽然科林做了伪装，衣衫褴褛，但是她一眼就看出了真

信 物

相。领主的妻子晕倒了，但是晕倒在丈夫的怀里。

一个小时之后男爵和随从来了，就要经过奥湖的时候，却惊讶地发现坎贝尔的一个手下怒气冲冲地划着船向他们靠近，并示意他们不要上船。"今天不会有婚礼了！"到了男爵能听到的地方，他就大喊，"黑科林回来了，已经在举办宴会了！他会向欺诈者复仇！"

男爵听不下去了！他知道，自己用的伎俩被发现了，而且正如他所想，他将被严厉地惩罚。于是他带着随从逃回了城堡，每一步都害怕听到身后坎贝尔的军队渴望复仇的呐喊声。

不过，奥湖的女主人在漫长的孤独中，已然学会了宽容、耐心和顺从。于是她请求黑科林只庆祝自己回归就行了，不要制造流血事件。

"这七年来，你杀的人已经够多了，"她说，"让愚蠢的男爵离开吧！他受的惩罚已经足够了，他没能和我结婚，也没能把格伦诺奇的丰饶领土夺走。"

虽然有人提出异议，但是最后女主人的意志还是得以实行，两个军队之间没有发生战争，坎贝尔的大本营也从小岛移到了新的城堡中。黑科林和妻子心满意足，平安地度过了余生，抚育了一群儿女。男孩们和父亲一样英勇非凡、英俊无比，女孩们和母亲一样心地善良、耐心细致。

梅尔顿的旅行

这是一则关于梅尔顿领主的故事。梅尔顿是很久以前爱尔兰的勇士,他如同狮子一样勇猛,如同老虎一样残暴;喜爱战争,厌恶和平;为自己的族群感到骄傲,对敌人残忍无情;鄙视宽容,崇尚复仇。

梅尔顿的敌人住在距离芬恩岛不远的地方。那天梅尔顿刚刚看到日出的太阳散发的光亮,他的父亲就被敌人杀死了。就如同很多年以前,他的父亲杀死了敌人的父亲一样。这是世仇。梅尔顿发誓,自己要将这仇恨延续下去,敌人也是如此发誓的。

因此,梅尔顿长大成人,变得高壮有力之后,就带上五十个部族勇士出发前往敌人的岛屿,他们每一个都是同样的勇敢、狂暴、残

忍、报复心重。敌人就在对面的海岸上。梅尔顿的复仇队伍看到敌人就发出嗜血的喊杀声,想象着用手指掐断敌人喉咙的样子。但就在他们准备跳进海浪扑向他们无助的敌人时,风调转了方向,猛烈至极地把他们吹到了大海中。

他们航行了许多天都没看到陆地。渐渐地,他们厌倦了海浪和海风,厌倦了天空和海鸥,开始愤怒地内讧起来,咒骂说就不该那天起航给首领报仇。

最后他们终于看到了陆地,那里是静默岛。他们发出欢呼和笑声,停在了看起来宁静祥和的沙滩上。但是他们刚触碰到沙滩上的卵石,奇怪的事情忽然发生了:他们的欢呼被削弱成了叹息,笑声也变得虚无。这里有汹涌的海浪、潺潺的河水、湍急的瀑布,但是一点儿声音都没有。鸟儿和动物们张开嘴,却发不出声音;风吹过树叶,却连沙沙声都听不到。寂静笼罩万物,寂静的法则笼罩着所有触碰到海岸的人们。所以梅尔顿的勇士们哪怕想要和彼此说话,也只能发出听不清楚的耳语声。他们简直要发狂了,想要自杀,因为他们没法大喊,没法欢呼。梅尔顿恐惧地看着勇士们的眼神——那是一种他很了解的眼神,赶快命令所有人登船,唯恐他们就此下手,一了百了。

继续漫无目的地航行了许多天后,他们又看到了一片陆地,于

是加快速度上岸，发现这里和静默岛相反，是喧嚣岛。鸟儿大声说着人话；风声吹拂如同咒语；海浪咆哮，仿佛要击碎海岸；就连云朵也仿佛在人们头上奔跑，好像要互相击掌，发出雷鸣般的响声，空气也变得喧嚣。有一个勇士忽然发了疯，像鸟儿一样叫喊着，杀掉了五个同伴。梅尔顿只好让剩下的人登船，以防其他人也做出

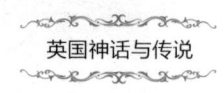

同样的事情。

  他们又在无边无际的海上漂泊了好几周，与狂风搏斗，每次都被风吹离定好的航向。但是不管怎样，最后他们还是登上了一个满是鲜花的岛屿。大小不一的花朵、春夏秋冬开放的花朵、各个国家独有的花朵，交织生长在一起，每一寸草地上都是盛放的花朵。一片绿叶都没有，一棵树也没有，甚至都没有一丁点儿棕色的泥土或者灰色的岩石，到处都是蓝色、黄色、红色、淡紫色、粉色和白色的花朵。一开始，梅尔顿手下的勇士亲吻着这些花朵，用花朵编织花冠，坐在花朵做的床上，用花瓣上的金粉铺盖全身。后来勇士们开始吃花，互相扔花，把花朵连根拔起，踩在花朵上面。他们的眼睛被各色花朵蛊惑，他们的鼻子被怪异的芳香笼罩，嘴唇则被灼人的黄色花粉覆盖。忽然有两个人拔出剑来，杀掉了八名同伴，最后自己也被杀死了。梅尔顿让剩下的人尽快登船，以防局势更糟。

  又一次狂风吹动风帆，他们驶过许多地方，眼睛寻找着熟悉的陆地标志，忽然发现了水果岛。岛上有各种大小的苹果、梨子、松果、葡萄、甜瓜、无花果、浆果。长在荒凉的挪威的水果、在温暖的南方会腐烂的水果，一团团挤在一起，好像天气完全不影响他们生长一样。梅尔顿的勇士们大吃大嚼，吞咽着美味的水果。

梅尔顿的旅行

梅尔顿觉得，在甜蜜的果实中，他好像尝到了某种浓烈的、让人陶醉的酒香，所以他只吃了一点儿水果，还想要约束手下人，但却是徒劳的。勇士们吃够了，就开始拉扯果树的枝条，把玩着硕大的果实。苹果非常大，握在手里沉甸甸的，非常坚硬，有些人发现水果能用来当作石头扔出去；而且苹果也红得像血，让人们想到了战争和复仇！最后所有人都开始疯狂地向彼此扔水果，想要杀人。真的有人被杀掉了。梅尔顿命令其他人立刻登船，避免发生屠杀。

又过了很多天，他们来到了火焰岛。他们在很远的地方就看到了漂亮的红色光芒，吸引着他们前进。天空中的颜色温暖了他们的心，也让他们愈发激动起来。但是快到海岸的时候，梅尔顿看到每一座山峰都在喷发火焰，每一个峡谷都流淌着沸腾的水，于是他赶紧把船停下来。只有三个人死在这里——这三个人跳下船，哪怕梅尔顿再三恳求他们不要这样做，他们还是跳进了海浪中。海浪拍打着由火山灰铺成的海岸，然后湍急地汇入山谷中的溪流，把这三个人淹死在了流动的火焰中。

之后仿佛又过了许多年，厌倦了海浪的漂泊者在海上漂荡着。他们储存的食物就要耗尽，开始对获救感到绝望的时候，忽然，一个散发着光芒、充满吸引力的岛屿映入眼帘——那里是丰饶之岛。

梅尔顿的旅行

一行人带着喜悦的心情向岛屿欢呼。登陆之后,他们发现这里比他们之前见过的岛屿都神奇,云朵飘得很低,好像伸手就能抱住柔软的棕色的云;每天破晓时分,可爱的云朵就会展开身体,在勇士们睡着之后,将美味芳香的食物落在每位勇士身边,足够他们吃一整天。

他们再也不用花上好几个小时从河里钓鱼,也不用在丛林中追赶打猎,更不用辛苦地劳作;不用思考,没有恐惧,但也没有希望,没有努力的欲望。他们躺在那里,这些曾经活跃的勇士,现在却仿佛旷野中的动物那样睡觉、进食,甚至也不互相交谈了。后来有一个人起身,凝视着海面上西边的深红色天空。他从地上捡起一块小小的圆形石头,扔到一个躺在旁边的毫无生气的人身上。这个人在睡梦中感觉到被打中了,忽然站起来,变得生龙活虎,愤怒地把石头扔回去。忽然之间,这群昏昏欲睡的男人都惊醒了,加入了战局。有人怒吼,有人喝彩,有人铲起一堆石头,有人则用拳头和脑袋对打。梅尔顿听到了喧闹声,作为首领,赶紧过来制止。但是他来得太晚了,没能阻止流血事件的发生,最后他们在山巅处埋葬了两个人。人们觉得很生气,跳上船起航,又一次开始和无情的海浪搏斗了。

后来他们又来到了一座岛屿上。岛上有两座城堡,其中一座刻着花朵的纹样，另一座则什么都没刻，用干净光滑的石头搭建而成。岛上经常发生地震，时不时会有一阵震动让两座城堡的塔楼向对方倾斜，最顶上的塔楼碰在一起，仿佛是在进行激烈的交锋。

梅尔顿手下的勇士看到这一幕，肌肉绷紧，血脉偾张。他们发出震天的喊杀声，能把自己震聋，然后一半人冲向一座塔，另一半则冲向另一边。两方选好阵队，情势紧张，大家拿着剑，十个人对十个人激烈地战斗。

人们要么受了伤，要么被杀了，剩下的几个活着的人听到首领的声音，才把剑插进了剑鞘里。他们带着悲伤再度出海起航。这一次他们都不开玩笑了，也不发出咒骂了，而是都哭了起来，祈祷航程能够短一些，航向能够把握好。

过了许久，他们都筋疲力尽，终于登上了下一个岛屿，那里住着一位虔诚的智者。他是一位圣徒，已经度过了一百年虔诚的生活。他须发皆白，但是声音和眼神却很温柔。圣者举起双手，为梅尔顿祈祷，说："上天已经表示了对你的不满，你的部族和敌人的部族之间的争端必须停止，不然神灵会降罪于你——你和你的自大，以及你的整个族群。不要再复仇了，那是邪恶之举。带着你这些可怜的仅存的勇士们回家吧，感恩上苍怜悯，让你学会了宽容和谅解。"

梅尔顿的旅行

梅尔顿亲吻了圣者的双手,他的勇士们亲吻了圣者袍子的边缘,然后他们乘船回家了。

很快他们就到了敌人的岛上,敌人就独自站在海岸上。海风吹拂,十分温柔——他们很容易就能够登陆岛屿杀掉敌人,虽然现在五十个人里面只有五个人生还了。但是梅尔顿只是挥挥手,向敌人致意,然后就返回了芬恩岛。

加梅林的故事

在英明的爱德华一世统治英国的时期，林肯郡有一个高贵富有的骑士，绰号"沼泽中的约翰"。他住在一间富丽堂皇的大宅里，拥有附近大片土地作为封地，并且还有权治理领地周边大片沼泽地带的村落。在这篇故事开始的时候，约翰爵士已经很老了，而且多年来一直知道他应该立下遗嘱，把权力交给别人，为死亡做好准备。老约翰有三个儿子——长子约翰，已经人到中年，但是品行不佳；次子奥托，比长子略微年轻一些，品行正直，但是没脑子，也没定力；而加梅林，虽然还是个小孩子，却已经展露出非凡的天赋和力量，大家都喜欢加梅林，老父亲约翰也最偏爱他。

约翰爵士知道自己大限将至，于是把自己统治下的骑士和领主

都召唤过来。约翰与他们告别，给了他们许多建议和忠告，然后向他们宣布自己对领地和财产的安排。

"我的邻居们，"老约翰说，"按照习俗，我本来应该把大部分的财产留给长子。但是对我来说，我却想留给我的小儿子，若是我还没有老眼昏花，在我看来，他会成为一位非凡的男子。长子约翰，我愿意将我从自己的父亲那里继承来的五块耕地留给他；次子奥托，我愿意将我用武力夺来的五块耕地留给他；加梅林，他将会在我死后继承

加梅林的故事

所有剩下的领土。约翰要当加梅林的监护人，保护弟弟直到成年。我向上帝祈祷，希望加梅林在继承领土之前不要被欺骗，也不要被虐待。"

可是老约翰临终的祈祷似乎只是徒劳。他死后不久，刚刚埋葬，新的约翰爵士就对自己的小弟弟露出一副恶毒阴险的嘴脸。而这位小弟弟，按照父亲临终的遗嘱，再长几岁就该继承家族的大宅和大片领地了。约翰无所不用其极地迫害可怜的加梅林，强迫弟弟在仆人的窝棚里吃住，只让他穿破衣烂衫，而且不允许他接受任何有关艺术的教育和武术的锻炼，而艺术和武艺本来是这位领主之子应得的教育。约翰希望弟弟变得粗野邪恶，让家族蒙羞，让弟弟要么受不了逃走，要么就犯罪被绞死。

可是加梅林却依然茁壮成长，每年都变得更强壮、更英俊、更有教养、更聪明机智。约翰爵士换了一种办法作威作福。他故意把弟弟应该继承下来的农场和土地搞得一团糟——曾经富裕丰饶的土地，本来价值千金，现在却一文不值，荒芜破烂。农庄荒废了，人们弃而不顾，任由它们被野兽占据。

加梅林十七岁的时候开始理解自己的处境了，他如今身材高壮、力大无穷，决定直接找哥哥对质，要求哥哥给出解释，做出赔

加梅林的故事

偿。有一天,加梅林来到大宅的大厅入口处,那里是哥哥约翰严禁他涉足的地方。约翰马上就发现了加梅林,生气极了,大声说:"滚开,你这个游手好闲的坏蛋!滚回你的窝棚去,去看看我的晚饭做好了没有。"

这番话却给了加梅林机会。他说:"我不是游手好闲的坏蛋。你这个恶毒的哥哥,我们出自同样的父母,我不会再和农奴和奴隶混在一起了!你自己做饭去吧!"

约翰惊呆了,他没想到弟弟会如此大胆地找自己对质。他盯着弟弟,气得口吐白沫,威胁地摆动自己的手杖。加梅林继续说:"你对父亲留给我的领地和财产做了什么?我成年之后应该继承的丰饶财富呢?父亲托付你照顾我,你做到了吗?要是父亲从坟墓里醒过来质问你,你要怎么回答他?"

约翰是个胆小鬼,在加梅林的质问下,他脸色苍白起来,嘴里嘟囔着咒骂和威胁的话。然后他溜走了,叫来六个仆从,要求他们拿上棍子,把加梅林打到半死不活。仆人不喜欢约翰的命令,可是他们也不敢违背约翰。加梅林知道这些人的意图之后,拿起身边放着的一把捣杵,很快把三个人打倒在地。另外三个袭击者也害怕地逃走了,担心自己会被加梅林杀掉。约翰在门口看到这一切,逃到楼上去,把

加梅林的故事

自己反锁在房间里,打开窗户,叫加梅林到窗前谈判。

"当然,我的哥哥,我会和你谈判的。"加梅林笑着说。他手里拿着武器,抬头去看约翰。约翰已经吓得魂不附体,脸色苍白。

加梅林说道:"我要和你休战,但是你得从你藏身的小窝里下来,让我们先决斗一番再说。"

"不!"约翰回答。他也试着给弟弟一个笑脸,但是最后却只能露出一副扭曲的表情。约翰说:"相信我,我的弟弟,我并不是真的要打你,我只是想要测试你的勇气与武力。你现在已经证明自己是个勇猛的小伙子了,就让我们重新拾起兄弟情谊吧!我发誓,只要你放下手里的捣杵,我就下来。"

加梅林知道哥哥心里害怕,于是放下了武器,约翰这才下楼了。

"我只有一个要求,"年轻人说,"把这些领地交给我,虽然我还不到年龄,但是这是父亲留给我的领土。然后我就会离开这栋大宅,你尽可以享乐去,我也不会再妨碍你。"

"如你所愿。"约翰回答说,"不过你得给我几个月时间让我把东西理清楚,把荒废的领地整理一番。"

加梅林高兴地同意了,一点儿也没怀疑哥哥的阴谋诡计。这之后他穿上了体面的衣服,能够在大厅里用餐了,他的待遇终于衬得

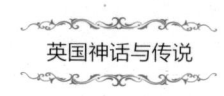

上他高贵的出身了。长兄约翰虽然表现得温柔和蔼，背地里却策划着邪恶的勾当，只要找到机会，他就会把小弟弟干掉，一劳永逸解决问题。

不久之后，加梅林听说有个地方举行摔跤比赛，所有沼泽地区的摔跤能手都要参加，胜利者的奖品是一个指环和一头公羊。虽然约翰没有让加梅林接受教育，但是他自己学会了许多东西，其中就有摔跤技艺。他已经迫不及待要在之后的比赛中测试自己的技艺和力量了，于是问约翰借了一匹马。约翰听说他要骑马去参加摔跤比赛之后，很快就答应了。

"这个小傻子肯定会被摔到昏过去，甚至被杀掉——这倒是摆脱这个混球的好法子。"恶毒的约翰这样想着，摆出一副笑脸大声说："你去马厩里选吧，想要什么千里马都行，祝你旗开得胜！"

加梅林当然好运常伴。傍晚的时候他到了比赛场地。这时候正要给冠军——一个强壮的农民颁奖。这个农民打败了所有对手，要么让对手失去了行动能力，要么把对手打昏过去，总之这是个身体强壮、动作粗野的家伙。加梅林到了之后，不到一个小时，就巧妙地赢了这位冠军，打断了他的三根肋骨和左臂，让在场的人都非常兴奋，之前那个农民用的粗野招式根本提不起他们的兴趣。

加梅林的故事

　　加梅林领到了冠军的奖品,然后又参加了镇民们举办的庆功宴会。第二天早上,五十个人陪着加梅林回到了家里。约翰从窗户往外一看,就看到一队胜利的游行队伍向自己家前进——加梅林骑马走在前头,像是国王一样前呼后拥。大家都在欢呼、叫喊,还有四个人抬着一只巨大的公羊,用两根杆子固定起来。

　　约翰没有打开大门,也没有准备一场宴会来庆祝兄弟非凡的武功。约翰下令把所有门都拴上,用横条拦上,然后自己躲进了阁楼里,希望这些狂欢者能自己走开。但是加梅林因为胜利非常兴奋,觉得一定要举办一场宴会,来招待这些热情的追随者,毕竟这些人长途跋涉来庆祝他的胜利,送他回家。听到看门的人重复了一遍约翰的命令之后,他顿时大怒,从马上跳下来,抓住看门人的肩膀,把他扔到庭院的井里去了。然后他在五六个追随者的帮助下破门而入,让瑟瑟发抖的仆人们马上准备最高规格的宴会。

　　仆人们从约翰锁着的酒窖里拿来美酒,宰杀公牛,烤制牛肉。这栋古老的大宅还从没有见证过如此狂乱的宴会,年轻英雄和五十个追随者在这栋大宅里待了七天,狂欢宴饮。加梅林做摔跤手是一流的,招待客人也是一流。因为哥哥之前的恶毒行径,他觉得自己必须得让客人宾至如归,显示自己的主人派头才行。"要是约翰哥哥能够

打开大门接待我们,这群人吃晚饭之后也就走了,"加梅林想,"但是他把我们直接关在我自己的家门外头,就好像我是个贼似的。"事实上,了解情况的人都同情加梅林,嘲笑狡诈悲惨的约翰爵士。他把自己关在阁楼里,咬牙切齿地看着这群人在下面大厅里狂欢痛饮。

第八天,加梅林告别了朋友们,然后就要准备好面对自己鲁莽举动的后果了。

约翰确定所有狂欢者都走之后就从阁楼里下来,开始愤怒地指责加梅林让自己的财物、家具都被这群人破坏得一片狼藉。

"这个的话,"加梅林轻松地回答,"我和我朋友用坏的东西才值几个钱,你不是早就为自己付了很多倍的钱吗?这些年来我的农庄和领地上的财货不都是被你拿走了?我的牲畜马匹不都是你偷偷利用了?别再抱怨我这周花费太多了!"

约翰爵士发现自己找不到任何借口来吓唬弟弟或者欺负他了。于是他转变了语气:"原谅我吧,我亲爱的加梅林小弟弟,我刚才太急躁了。我知道我之前待你不好,你也已经报复过我了。从今天开始,让我们真正成为好朋友吧。月底之前我就会把我之前承诺要交给你的财产都还给你。"

加梅林十分实诚,他相信了约翰的真诚,一点儿都没怀疑他会

耍弄诡计。然后约翰继续说："我只求你一件事，你把我的看门人扔到了井里，这让我很生气。我在仆人面前发誓，得把你的手和脚都绑起来惩罚你才行。要是我不遵守这个誓言，就会被视为违誓了，会被所有人嘲笑。亲爱的弟弟，求你了，让我把你绑在晚宴厅的大柱子上一会儿吧，做做样子就行，就当是让我遵守承诺吧。"

"可以，这是小事。"加梅林毫不怀疑地说。他走到餐厅里，让仆人用沉重的锁链把自己绑在柱子上，锁链锁住了他的手腕和脚踝。加梅林刚被绑起来，约翰就发出胜利的大笑声。

"大傻子！"约翰大叫，"可让我把你逮着了！你就站到饿死吧！我忍了你这么多年，这下总算能摆脱你了。"接着他告诉人们加梅林发疯了，必须被绑起来，不然他绝对要杀人。我们也不知道大家有没有相信这个说法，因为约翰爵士富有又有权力，人们害怕他的阴谋诡计，所以根本没人敢违抗他，就连法官也不敢问罪于他。于是可怜的小伙子就这样没吃没喝地熬了两天两夜，他觉得自己狮子一样的勇猛和精力都流失了。他找机会给一个父亲的老仆打了个眼色。这个仆人名叫亚当·斯潘瑟，加梅林发现亚当总是对自己投来同情的目光。于是等餐厅空了之后，老仆悄悄溜进来，低声和这个年轻人耳语了几句。

"天啊！亚当。"加梅林说，"要是再过一天一夜我就彻底没希望了。你能想想办法帮帮我吗？"

"我当然得救你，我可怜的小主人！这个遭瘟的约翰，要是我或者其他人不来救你，他肯定会说到做到，把你饿死的。"

"给我点吃的和喝的吧，亚当。我快要饿昏过去了，我脑子发昏。"亚当拿来食物给加梅林，在小伙子狼吞虎咽的时候，提了一个建议："你那个胆小鬼哥哥明天会举行宴会，邀请修道院长、牧师以及其他人来这里吃喝。我今晚等到大家都睡着了，就来给你解开链子。但是你得待在这里，假装好像没被解开，直到宴会气氛高涨。然后你可以在宾客面前现身，讲述你的遭遇。也许会有一个公正的神职人员利用自己的权力放你自由，还会做你的担保人。然后你就可以干干净净、清清白白地去法庭告发你的哥哥，将他绳之以法了。但是如果没人听你讲话，你就给我打眼色，我会到你身边去。我会准备好两根棍子，我们可以痛打那些阻拦我们的人——这些人好吃好喝之后，绝对没多少力气——我们能够轻易地逃到林子里去。"

第二天，像亚当计划的那样，加梅林已经重新积蓄了力量，一直等到宴会进行到一半，才大声地告诉宾客他遭遇的不公待遇，要求在场的公正的神职人员把自己放下来，给自己一些吃的，不然自己就

加梅林的故事

会被饿死。但是没有一个人关注他，即使神职人员也根本不理会加梅林，哪怕他们心知肚明，这个年轻人根本没有发疯。

加梅林看清了事态，他朝亚当使了个眼色，立刻跑到亚当身边。善良的老仆人从门后拿出来两根橡木棍子，两人用棍子对付宴会上的人。十分钟之内宴会厅就空了，只剩下十二个可怜虫趴在地板上呻吟。约翰爵士一开始就被弟弟的暴行吓得晕倒在椅子上了。他刚刚恢复意识，正要从开着的大门逃出去，就被两人捉住了。之后没什么废话，两人直接把约翰绑在了加梅林刚才被绑的那根柱子上。如果不是亚当的一个朋友跑过来报信，说治安官带着手下到了门口，要逮捕如此无礼地对待神职人员、践踏法律的两人，被彻底激怒的加梅林绝对会让约翰受到更加严厉的惩罚。

现在，除了逃跑没有别的出路了。"逃到绿林去！"老亚当说，"他们可能会追我们，但是逮不到我们。只要我们走大宅后面的那个小道，全速逃走，就可以轻松地全身而退。"

于是他们拼命地逃往森林方向。现在，他们虽然又累又饿，但是却逃脱了追捕。幸运的是，他们遇到了一群义薄云天的好汉——和他们一样，都是因为遭受不公，所以才逃到森林里寻求庇护的。这些人一旦冒险去村子里或者镇子上，就会被逮捕，哪怕没有什么罪过。

加梅林告诉了大家自己的悲惨遭遇，获得了热烈的欢迎。好汉们看出了加梅林的美德和品行，让他做领袖。于是之后的很多年里，加梅林和亚当在林子里过着自由幸福的生活，满足又平静，这是他们还在大宅里受苦的时候从未享受过的。可是后来，他们听说约翰爵士通过耍弄阴谋诡计、行使贿赂，已经当上了整个郡的治安官，到处为非作歹，而且发出公告，说自己的小弟弟是个重罪犯，悬赏他的人头。约翰的这一无礼举动让加梅林和亚当对这个暴君怒火重燃，于是他们计划要收拾这个邪恶的爵士，因为约翰似乎只会带来灾祸。这一讨伐举动得到了绿林好汉们的强烈支持，他们全副武装向镇子突围。在镇子上，他们听说新的治安官正在法庭上审判犯人，于是来到法庭门口，冲了进去。

约翰爵士认出了入侵者，吓得面色发白。而那些腐败的书记官和法官，本来正坐在板凳上听着邪恶的判决，顿时惊慌失措。他们都没有武器，束手无策，但是他们本能地知道，现在他们只能请求敌人的同情宽宥，而这些人都是他们所支持的法律制度的受害者。

"你这个可恶的治安官！"加梅林大吼，"你假模假样宣称正义，实际上却在嘲讽正义，现在正义要来惩罚你了！你自己的亲弟弟根本没对你干什么坏事，你却说他是个罪犯，千方百计地要毁灭他。还有

其他人，不管是穷人还是富人，我都听说你一得势就迫害他们。现在我就要了结你这条贱命！"

加梅林没再说什么废话了，他把这些法官、书记官都揪出来，让自己带的人坐到他们的位置上。加梅林自己坐在治安官的板凳上，根据法律的条文审判罪犯。这些曾经的法官都被判有罪，按照亚当的说法，这是唯一能够阻止这样邪恶的人污染法庭、伤害臣民的办法了。

加梅林没有回到绿林里去，他知道自己做的事情很过分，所以决心面对这件事的后果，不管最后结果如何。于是他启程前往伦敦，把自己的事情告诉了国王爱德华。国王根据年轻人的功绩和罪行，赦免了他以及他手下的这些绿林好汉。而且国王十分睿智，他知道加梅林勇敢又正直，觉得他应当为国家效力，出任公职。于是国王任命加梅林做了皇家森林官，管理境内所有属于皇家的森林。加梅林荣耀加身，十分快乐，他回到了林肯郡，最后继承了家财，重振家业。不久之后，他娶了一位出身高贵、心地宽厚的女人。他活到晚年，弥补了兄长犯下的错误，知道他的人都尊敬他、爱戴他。